喜劇 愛妻物語

足立 紳

幻冬舎文庫

喜劇　愛妻物語

目次

1

ごそごそと布団の中から娘のアキが出て行く気配がして目が覚めた。トイレを流す音が聞こえて少しすると、向こうの部屋から何とかレンジャーの始まりの歌が聞こえてきて、今日が日曜日だということを思い出す。アキは日曜の朝になると、普段は一人では行けないトイレへ一人で行き、その後、何とかレンジャーを一人で見る。

俺を起こせば俺が『ボクらの時代』というトーク番組を見るから何とかレンジャーを見ることはできないし、母親のチカを起こせばそもそも朝からのテレビは見せてすらもらえない。何度かそんな経験を経た五歳のアキは、五歳なりの知恵を働かせて日曜の朝は両親を起こさずに一人でこっそりと起きてテレビを見るようになった。五歳の子供にとって何とかレンジャーから何とかライダー、そしてプリキュアへと流れる日曜朝のテレビ朝日は神様のような存在なのだ。

ダブルの敷布団の端っこでは、百七十二センチの大柄な体のチカが、大きな背中をこちらに向けて、十数年前、まだ恋人同士だった頃に泊まったディズニーランドの近くの比較的高級なホテルからかっぱらってきたすでにボロボロになっているバスローブを着て、あられもない姿で寝ている。

そのバスローブはめくれあがり、幸運をもたらすとの評判で七年ほど前に巣鴨の激安洋品店で購入したはいいが、いっこうにもたらしてくれないほつれた真っ赤なパンティが窮屈そうに食い込んでいる尻が丸見えだ。その尻から伸びた二本の脚は、さすがにジュニアオリンピック出場の元背泳ぎの選手だっただけあって、三十七歳という年齢の割にはたるんではいない。が、かなり太い。

我が女房ながら、一部のマニアをのぞいた人間にはきっとだらしなく見える寝姿だろう。下手《へた》すりゃ汚らしいまでいくかもしれない。

俺だって正直この姿は醜いものだと思うが、溜まりに溜まっている性欲のはけ口に贅沢《ぜいたく》は言えない。

俺はチカの大きな背中に恐る恐る手を伸ばしてマッサージを始める。肉付きの良い背中に指が食い込んでいく。

寝ているところを起こされるとチカはひどく不機嫌になるから、ここは慎重に攻めねばならない。

「……ちょっとなに」

起こされたチカは少々不機嫌そうな声で言う。

「マッサージだよ。最近疲れてんでしょ」

俺は猫なで声で言った。

「いいからそんなことしなくて……。アキは？」

「向こうでテレビ見てる」

「あんたも見てきてよ。あたし、昨日遅かったんだから」

「アメトーク、何本見たの？」

土曜の夜、チカは録りためているテレビ番組を一気に見るからアキを寝かしつけるのは俺の役目だ。

「五本。こっちはあんたみたいに日中見られないんだから。いいって、マッサージなんかしなくて」

この反応、硬いことは硬いが完全に拒んでいるわけでもなさそうな気がして、俺はゆっくりとマッサージを続ける。ここで深追いしていきなりGカップの垂乳根《たらちね》巨乳に手を伸ばそうものなら肘鉄《ひじてつ》が飛んでくることは分かっている。

チカとはここ三か月ほどセックスをしていない。もちろんチカ以外の女ともしていないから俺は三か月くらいセックスをしていない。

俺は最近流行《はや》りの草食男子ではないから、正直二週間ほどセックスしていないとセックスがしたくてしたくてたまらなくなる。

俺がもてる男ならばどこかに愛人の二、三人でも作りたいところだが残念ながら俺はもてない。

外見はそう悪くないのではと自分では思うのだが、「私は売れないシナリオライターです」という自己紹介でさえ、ここ数年の年収が五十万以下だったことを考えると、見栄を張ったような言い方になってしまう俺には（つまりほぼ仕事のないシナリオライターだということだ）愛人を作るような金はないし、風俗に行くような小遣いももちろんない。ネットの出会い系サイトはしばしば覗《のぞ》くが、試してみてあとからヤクザみたいな人が出てきたらと思うと怖くてできない。だからセックスがしたければ、すでに飽き飽きしている女房のチカとする以外にはないのだ（チカも俺には飽き飽きだろうが)。

だが「女房とのセックス」というハードルは無駄にかなり高い。その体にありつこうと思えば、準備にせめて二日はかけねばならない。

最低でも丸二日、俺はチカを怒らせず、できれば掃除なり洗濯なりの家事を率先してやり、美味《おい》しい手料理の一つでもふるまう。それでも最近ではそんな行動をとろうものなら、「なによ。セックスなんかしないからね」と釘をさされてしまう。

結婚して十年。まさか女房とセックスすることがここまでハードルの高いものになるとは思いもしなかった。米倉涼子とやるくらい、そのハードルだけは高いのではないかと思う。

「下手だなぁ。肩甲骨やって」

まだまどろんだような声でチカが言う。

チカからこういう注文をつけてくるということは、少し気をゆるしてきた証拠だが、ここは慎重に慎重に、叩《たた》きすぎるくらい叩いて石橋を渡らねばならない。

なにせこの日のために、ここ数日はチカにどんなにムカつくことを言われても耐えていたし、面倒な家事、例えば取り込んだ洗濯物をきちんと畳んで仕舞ったり、玄関の靴をきちんとそろえたり、脱いだ靴下は洗濯機に入れるなど、いつもの家事ではスルーしがちな細かい部分にまで気を配ってこなしてきたつもりだ。それに今日のこの機会を失うと、最低でもまた次の日曜日まで一週間は我慢しなければならない。

子供を気にせずにセックスできるのは、日曜の朝が一番なのだ。レンジャーからライダー、プリキュアに至るまで、アキは完全に魂を抜かれてしまうから、チカが応じてくれるのはよほど機嫌の良いときをのぞいては、日曜の朝しかない。

だが、「平日フルタイムで働いている女房の週末の朝」という牙城《がじょう》はとてつもなく高い。だからこそ準備に最低二日はかかるのだ。

「『ネギ芸人』、最高だったでしょ。チカもネギ好きだから食べたくなったんじゃない？」

丁寧にマッサージをしながらチカの好物のネギの話を出して、俺はさらにその牙城にゆるやかに攻め入る。

「食べたいよ。最近ぜんぜん外食してないし」

「あ、行こうよ、今度ネギ。ネギたっぷりのもつ鍋屋とか」

「別に今はネギの気分じゃないし」

「だったらネギじゃなくても何かチカの好きなものでさぁ」

「なに言ってんのよ、朝っぱらから。どこにそんなお金あんのよ。あんた、何か月もギャラ入ってないでしょ」

あぶない。食い物の話はもろ刃の剣だ。それはすぐにお金の話に直結してしまう。

「じゃあ俺、何か作るよ。今晩も。何がいい？　パスタ？」

言いながら、俺はチカの体に自分の体をゆっくりと密着させていく。

「どーせ、生クリームべったり系のもたれるやつでしょ。あんたの好みじゃん」

「いやチカの好きなのでいいよ。トマト系？」

「……パスタの気分じゃない」

「なに？　何がいいの？」

「ちょっと。何か当たってるよ」

「え？　なに？　何が？」

ついつい俺は調子に乗ってしまい、すでに勃起している自分の下半身をチカの尻に押し付けていた。

「しないからね言っとくけど。まだ寝たいから」

「すぐ。すぐ終わるから。二秒」

「ヤダ。ない」

「いいじゃん、ねえ。最近の俺、いい子だったでしょ。掃除も洗濯もしてたし」

「なに言ってんの、当たり前でしょそんなの。稼いでないんだから。主夫ならもっと完璧にやりなさいよ」

「いや仕事も頑張るから」

「フン。ぜんぜんないじゃん仕事なんか」

どんどんドツボにはまっていきそうな状況に俺は焦ってくる。

「昨日だって美味しい夕飯作ったじゃん。野菜たっぷりのデトックススープ」

「あれ、また作って」

「うん。今晩でもいいよ。作る作る」

流れに任せて俺はそのままチカのGカップに手を伸ばしてみた。

チカがその手をはねのける。

俺はもう一度、Gカップに手をやった。

「しつこいな！　やらないっつってんでしょ！」

凄《すさ》まじい裏拳が俺の顔面をとらえた。

2

今の俺たち夫婦の状態を倦怠期と呼ぶのならば、俺たちは倦怠期の真っただ中だろう。でもきっと、これは永遠に続く倦怠期であり、倦怠期という言葉でかたづけるには、何かが違うような気がする。倦怠期というのは、チカだけでなく俺もチカとまったくセックスなどする気がなくなってこそようやく当てはまる言葉のように思える。だから今の状態はやや俺の敗北的な倦怠期なのだろう。

お互いのお互いに対する愛は同じくらいのはずだと思いたいが（恋愛していた頃を100だとすれば今は互いに2くらいのものだろうが）、きっと俺のほうがまだチカを好きだ。いや好きというのとはちょっと違うがチカを必要としている。主に経済的な問題で。

チカからすれば一緒にいる理由は惰性でしかないとも思うし、俺自身は惰性の何が悪いという心境ではあるが、こうまでセックスを拒まれると本当に腹が立つし、売れっ子のシナリオライターになったら頼んできてもしてやらねーぞなどと脳内でチカのことを罵《ののし》りながら、俺はアキを連れて、近所の象さん公園と呼ばれているハナの部分が滑り台になっている象のオブジェのある児童公園に向かっている。掃除をするから出て行けと、朝飯が終わったあとチカに追い出されたのだ。

象さん公園に着くと、すでに子供を連れたお父さんやお母さんたちがたくさん来ていた。休日だからお父さんたちのほうがやや多い。

スマートフォンをいじっているのは俺と同じように家を追い出されてしぶしぶやって来たお父さんたちだ。率先して子供を連れて来たであろうお父さんたちは、子供と一緒に走り回って遊んでいる。

公園まで来てスマホばかりいじっているお父さんたちを見るとやはり、「ダメな姿だなぁ～」と思うから俺はなるべくアキと遊ぶようにしている。

象の肛門あたりから出ている階段を上り、ハナからシュウッと三メートルほど滑るその滑り台は、なかなかの急角度の上に大理石なのか何なのかよく分からないが、ツルツルとよく滑る石でできているものだから結構なスピードが出る。お母様方など

「ギャーッ!」とかなり本気度の高い悲鳴を上げながら、メチャクチャな恰好《かっこう》になって滑ってくる人もいる。

大人であれば三回も滑れば満腹になるその滑り台を、子供たちは狂ったように半永久的に滑り続ける。

「アキ、ブランコ行こ」

そう言ってもこの公園の目玉は滑り台だから、子供はそう簡単には離れてくれない。笑いながらずっと子供と一緒に滑り続けているお父さんもいるが、心の底から尊敬する。平日は会社勤めで疲れているだろうに、子供と遊ぶことが本当にストレス発散になるのだろう。

「パパ、来てー」

アキが呼ぶ。すでにそのセリフを二十回くらい言っているアキをほったらかして、「パパ、あそこに座ってるからね」と俺は近くのベンチに腰をおろした。

すぐにスマホに手が伸びるが、もともとほとんど使いこなせていないから見るべきページもあまりない。こういうときくらいしか開かないフェイスブックは、一週間前に同じ状況でこの場所で開いたら知り合いの脚本家たちが忙しそうな近況をアップしていたので、それから見ないようにしている。趣味のプロレスのサイトをいくつか見て回ると、もうやることは何もない。考えることも何もない。

　俺はボケッとアキを見つめた。

　いつの間にか同じ保育園のユキちゃんもいて、二人で滑り台を何往復もしている。

　滑り台の下からアキたちを見上げているユキちゃんのお母さんと目が合い、俺は笑顔を作って頭を下げた。

　ユキちゃんちはたいてい日曜日でもこうしてお母さんが公園に来ている。チカのママ友飲み会情報によると、ユキちゃんのお父さんはほとんどユキちゃんの相手はしてくれなくて、休日も一日中、家でテレビゲームをしているらしい。だから俺はユキちゃんのお母さんからの好感度ポイントが高い。保育園の送り迎えもしている俺はものすごく子煩悩で、家事育児にも積極的な夫だと思われているのだ。今日もこうして出会ったことでポイントがアップしたはずだ。

　ユキちゃんのお母さんは女優の松雪泰子に少し似ていてなかなかの美人だ。保育園のママたちの中では断トツの美人だと俺は思う。パパ友の飲み会でも巨乳保育士のサチ先生と人気を分け合った。

だがそんなユキちゃんのお母さんも、お父さんとセックスレスだという。これもママ友飲み会で仕入れてきたチカからの情報だ。

世間には不倫話など掃いて捨てるほどあるし、田舎《いなか》の友人には子供の保育園の保育士さんと不倫しているというツワモノもいて、俺もユキちゃんのお母さんやサチ先生とそういった関係になって爛《ただ》れてみたいとは思うが、それに至る最初の一歩をどのように踏み出していいのかがまったく分からない。

「思い切って口説けばいいじゃん」と保育士と不倫関係にある田舎の友人は軽く言う。「案外向こうも待ってるぜ」とのことだが、俺にはどうしてもその勇気はない。「は？なに考えてんだ、この人」と思われるのが怖い。その友人に言わせると「お前のそういう自意識過剰なとこが人生を前に進ませないんだよ」とのことだが、俺もまったくそう思う。

ただ、相手がブスな場合は話が違ってきて、俺は途端にリラックスして思い切った態度に出られることもある。

四年ほど前の話だが、アキが生まれてチカが育休を取っていた頃、俺は少しでも生活費の足しを稼ぐためにやむを得ず、結婚してからは初めてとなるアルバイトに出た

（シナリオの仕事では多いときで年収百万円程度で基本的には五、六十万円の年収しかなかったが、家事をやるという約束でアルバイトを免除してもらっていたのだ）。

近所のスーパーマーケットで品出しやレジ打ちのパートを始めたのだが、そこの同僚にセックスの話が大好きなブスなおばはんがいて、俺はそのおばはんと短い期間ではあったが不倫関係にあった。飲み会の帰りに俺から誘ってそういう関係になったのだが、昔からブスと明らかに格下の人間の前では思い切った態度がとれるものの、これが十人並みの容姿の持ち主が相手だと自分からは絶対にいけない。チカも含め今まで三人の女と付き合ったが、すべて向こうから口説いてきてくれたおかげだ。

サチ先生かユキちゃんのお母さんが、突然、俺を口説いてきてはくれないだろうかとあり得ないことを夢想していると、手に持っていたスマホがブルッと震えた。

着信画面には『ヨヨギ』と出ている。映画製作会社のプロデューサー、代々木《よよぎ》周一郎《しゅういちろう》のことだ。

基本的に俺は、相手が誰であろうと、どんな用件か確実に分かっているとき以外は電話に出ない。

仕事がないくせに、何か面倒くさい仕事でもふられるのではないかと不安になるからだが、この臆病《おくびょう》で積極性のなさも、仕事（と不倫）がないことの要因の一つなのだろう。

　相手が留守番電話に用件まで残してくれればいいが、たいていは着信だけなので結局は折り返すことが多くなるから、電話代もかさみ、チカは俺のこの習性にイライラしている。

　それにしてもなぜに世の中には留守電にメッセージを残さない人がこんなにも多いのだろうか。確かに履歴を見れば誰からかかってきたのかは分かるが、用件を残さないのはなぜなのだろう。もったいぶりたいのか、それとも留守電に残すと電話料金がかかるからなのか。誰でもいいから一度このことをきっちりと調査してほしいと思うのだが、代々木もやっぱりメッセージを残さなかったので、十分ほどの時間を置いてから折り返しの電話をかけた。

「あ、もしもし、あの――」

　柳田《やなぎだ》ですけどと言う前に代々木は「おー、ご無沙汰《ぶさた》。最近どう？　忙しい？」と訊《き》いてきた。

「いやぁ……そんなでもないですけど」

まったく忙しくないと言うのもマイナスポイントになるだろうから、俺はいつもこんなふうに答えている。

「今日、撮影で大泉に行くんだけどさ、ちょっと会えない？」

「いいですけど……」

「三十分後には練馬に着けるけど、今どこ？」

「あ、今、練馬なんで大丈夫です」

代々木は俺にとって、数少ない付き合いのあるプロデューサーだ。今現在、代々木の会社で進めている『八日《ようか》村の祟《たた》り』という企画もある。ミステリー小説が原作で、台本もすでに八稿まで書いているが予算が集まらず、ギャラももらえないままもう三年もほったらかしにされている。それでも会いたいと言われれば俺のようなゴミライターは行かないわけにはいかない。

帰るのを嫌がるアキを無理やり説得して、ユキちゃんのお母さんに飛び切りの作り笑顔を振りまきながら俺は象さん公園をあとにした。

代々木とは駅前の『エベレスト』という名前の、大量にマンガを置いている喫茶店で待ち合わせをした。

俺は何度もこの喫茶店に仕事をしに来たことがあるが、来るたびに『ビー・バップ・ハイスクール』だの『がんばれ元気』だのガキの頃に夢中になって何度も読んだマンガを、再び全巻読破しては仕事を一切やらずに帰るという苦い経験をバカみたいに繰り返した結果、今では打ち合わせと暇つぶし以外では絶対に足を向けないようにしている場所だ。

今日は久しぶりに来たので、代々木が来るまで『がんばれ元気』の俺が一番好きなエピソードである、出所してきた三島が元気とスパーリングをしてその成長を喜びながらも壮絶な死をとげるというコミックス第八巻を読もうと思っていたのだが、生憎《あいにく》六巻から十巻まで誰かが読んでいるのだろうか抜けていた。

気勢をそがれた俺は何を読もうか優柔不断に迷ってしまい、何となく手にした『ドカベン』の文庫版を一巻から三巻まで手にして席に戻った。もちろん『ドカベン』も何度も読んでいるマンガだ。

まだ山田太郎が野球を始める前の柔道の部分が終わらないうちに、「なに『ドカベン』なんか読んでんだよ」と声がして顔をあげると代々木がちょうど来たところだった。

「あ、どうも。ご無沙汰してます」

「アイスコーヒー、くれる？」

代々木はまだ注文も取りに来ていない店員に注文すると、「時間なくてさ。柳田ちゃん、なんか今、仕事入ってんの？」と訊いてきた。

「あ、まぁ……。プロットですけど……まだどうなるか分かんないやつで」

仕事など何も抱えてはいないが、俺は丸っきり意味のない見栄を張ってそう答える癖がついている。

「あ、そう。ダメだよ、しこしこ書いてるだけじゃ。営業もしないと」

「はぁ……」

俺は薄《うっす》ら苦笑いを浮かべた。ここ数年で会得してしまった情けない表情だ。

「でさ、前に柳田ちゃんが書いた、うどん作る女子高生のプロットあったじゃん」

「はい……」

それは、凄まじいスピードで手打ちうどんを打つ香川県の女子高生をニュースで見たときに思いついて書いたプロットだ。

「あれ、ホンにしてみない？」

「え……」

プロデューサーに呼び出されたということで、何か仕事がもらえるかもしれないとかすかな期待にドキドキしていた俺の心臓が急にバクバクし始めた。が、まだ喜ぶのは早い。

「今さ、十代の女の子主役で企画探してんのよ。スイートピーってプロダクションあるじゃん。あそこの社長がさ、売り出したい子が何人かいて金出すって言ってんだよね。そんであのプロット見せたら面白いって言ってくれてさ。ホンにしちゃえばって」

「い、いいすけど、でもホンにするならあれ四国の話だし、シナハン行かないと……」

「行ってくりゃいいじゃん。鉄は熱いうちに打たないと」

「はぁ……」

……やはりそう来たか。そのシナハンに行く交通費、宿泊費、取材費はどこから出るんだよと言いたいが、もちろん口には出せない。

「ある程度の形になれば金は出すからさ。そういうとこ、惜しんだらダメだよ」

代々木は平然と言いながら、運ばれてきたアイスコーヒーを一気に飲み干した。世のサラリーマンの世界でもこういうことはあるのだろうか？　つまり自腹を切って仕事をしてこい。モノにならなかったらお金は出ないけどねというようなことが。

映画の世界、とりわけテレビのシナリオの世界ではこういうことはほぼ当たり前のことになっている。もちろんテレビの連続ドラマとか、製作費が何億円もあるような規模の大きな映画は違うのだろうが、俺の生息している低予算映画の世界ではそれが当たり前だ。

「笑って泣けるやつ、期待してるよ。あ、そうだ。あれも進みそうなんだよ、『八日村の祟り』」

「え⁉」

俺は思わず身を乗り出した。

「時間かかっちゃったけどさ、何とか出資の目途《めど》がつきそうで年内にインできそうだよ。あとはキャスティングだな。監督ももうホンはほぼほぼオッケーって言ってるし。キテんじゃないの柳田ちゃん。大器晩成ブレイクの兆し。ほらこれ！」

代々木は『八日村の祟り』の印刷台本を鞄《かばん》から一冊出した。

「え⁉　もう刷ってたんですか⁉」

俺は思わず大きな声を出して、ページをめくった。

印刷台本では最初のページに脚本家の名前がくる。

開いた瞬間、目に飛び込んできた『脚本　柳田豪太《ごうた》』の文字に手が震えそうになった。この文字を見るのは何年ぶりだろうか。

さっきまで抱いていたやや暗い気持ちはどこかへ吹き飛び、急にうどんの女子高生の企画もうまくいくんじゃないかと思えてきた俺は、できるだけ早く香川に飛んでプロットをあげると代々木に約束した。


夕飯のおかずを買うために立ち寄ったいつものスーパー『ヨコヅナ』で、俺は台本に印刷されている『脚本　柳田豪太』の文字を何度も何度も見直した。

何度見ても気持ちがいい。早くチカにも見せてやりたいと思いながら、今晩くらいは奮発したおかずを選んでも、この印刷台本を見せれば怒られることはあるまいと、千五百円の中トロの刺身とチカの大好物の牛肉のミスジ百グラム九百五十円を二百グラムに、普段は買うと怒られるから遠慮しているハーゲンダッツのキャラメルトリュフ三つを堂々と購入した。

その他にもいろいろと買い物をしたので、手持ちの三千数百円の現金ではもちろん足りず、買い物は俺の役目なので持たされているチカのクレジットカードで支払った。今日はポイント五倍デーの日だったから現金払いができないのは痛かったが（カード払いだとポイントがつかないのだ）、俺の気分は悪くない。

『ヨコヅナ』を出ると後輩のシナリオライター、臼井《うすい》に電話をかけた。

俺は車の免許を持っていないから、臼井と一緒に香川まで繰り出して運転してもらおうと思ったのだ。

臼井の宿泊費は出せなくとも、暇であればこういうことには必ず付き合ってくれる遊び好きなヤツだ。

二回目のコールの途中で臼井は電話に出た。

「あ、もしもし、俺。久しぶり。最近、忙しい？」

「まぁ、忙しいっちゃ忙しいですけど」

こういう受け答えは売れないシナリオライターの性《さが》なのだろうか。きっとみんな用件を聞いたうえで判断したいのだろう。

「何だよ、どっちだよ。シナハン行きたいんだけどさ、わりぃ、運転手やってくんない？」

「いつですか？」

「まあ早ければ早いほうがいいんだけど。来週早々とか」

「ちょっと今、一本書いてるのがあって、それ今月中にあげなきゃいけないんですよね……すいません」

「あ、そう……。なに？　映画？」

「まぁ、そうですけど。久々にインできそうなんですよ」

「へぇ……良かったじゃん。監督誰？」

「吉原タケル監督です。主演は沖田洋介で……」

「え……」

　俺は動揺した。吉原タケルは今、日本で五指に入る売れっ子の監督だし、沖田洋介は超多忙なお笑いタレントだ。

「マ、マジで⁉　何でいきなり？」

「何か前に吉原監督が俺のシナリオを読んでくれてたみたいで、それで声かけてくれて」

「へぇ……。やったじゃん。分かった。頑張ってね」

動揺を悟られないように、平静を装って俺は言った。

「ありがとうございます。柳田さんは映画っすか？」

「まぁ、うん。まだどうなるか分かんないけどね」

その後は最近観た映画やＤＶＤの話などしたが、臼井の声はほとんど耳に入ってこなかった。

さっきまでのハッピーな気分も吹き飛び、俺は憂鬱《ゆううつ》な気分になっていた。もちろん臼井が車を出せないことで憂鬱になったわけではない。ヤツの仕事がすこぶる順調だということに憂鬱になったのだ。

3

夕飯の支度をしながら、俺はシナハン行きの話をどのようにチカに切り出すか考えていた。臼井がダメな以上、他に身近で運転を頼めるのはチカしかいない。

大学時代は一人で海外旅行にも行っていたチカはなかなかの旅好きだ。俺の田舎の鳥取に帰省するときも、金がないということもあるが「青春18きっぷ」をフル活用して旅気分を満喫しながら帰るくらいだ。シナハンがてら旅行に行こうと言ったら、お金に不自由していなければ快諾してくれるだろうが、今の状況では「どこにそんなお金あんのよ」と不機嫌な声で言われるのがオチだ。

チカはクレジットカード会社の苦情を受けるコールセンターで時給千四百円の契約社員として働いているのだが、その仕事もすぐに休みが取れるわけではないだろう。

セックスを求めるよりハードルは低いとはいえ、慎重に言葉を選ばねばならない。

とりあえず『八日村の祟り』の印刷台本を見せて、心を解きほぐしてからにするか、それともシナハン話を切り出したうえで、硬い反応であればそこで印刷台本を見せて心を解きほぐすか、方法は二つに一つしかない。

好きなものはあとに食べるチカの心理を読んで、後者を選んだ俺は、まずは単刀直入に切り出した。

「ねぇ、旅行かない？　四国」

「はぁ？」

アキとお絵描きをしながら週刊文春を読んでいたチカは、瞬時に眉間《みけん》にしわを寄せた。

俺は考える時間と怒り出す時間を与えないために畳みかけた。

「いや、旅行って言うかシナハン。ほら前に読ませたじゃん、手打ちうどん作る女子高生のプロット。代々木さんがあれに興味持ってくれたみたいでさ。て言うか興味持ってくれてる人がいるんだって。それですぐホンにしちゃえって言われてさ。あれ、舞台が高松じゃん」

「フン。そんなのどうせまた実現しないでしょ」

実現しない企画の台本を何本も書かされている俺を見てきたチカの反応は決まってこんなものだが、俺はさらに畳みかける。

「いや今度はけっこうイケそうなんだよね。すぐにでもホンが欲しいって言われてるし。スイートピーってプロダクションあるじゃん、星野ミユキのとこ。巨乳の。あそこが若いの売り出したいんだって」

「勝手に行ってきたら。自分のお金で。どうしてあたしが一緒に行かなくちゃいけないのよ」

「いや、運転……。田舎だからクルマなきゃ、まわれないから」

「だからなんであたしが付き合わなくちゃいけないのよ。あんたと違って仕事してんだからね、こっちは」

「分かってるけど、チカしかお願いできる人いないんだよ。ね、お願い！　それにほら、たしか由美《ゆみ》ちゃんって小豆島《しょうどしま》じゃなかった？　旦那の実家に帰ったんでしょ。久しぶりに会えば？」

由美ちゃんは、チカの大学時代の同級生で親友だ。俺にとっても映画研究部のかわいい後輩であり、チカとともに俺によくなついてくれていた。

「あとあれ、ワイン飲むとこなんつったっけ？　あ、ワイナリー、ワイナリー。なんかこんなワイナリーもあるしさ」

由美ちゃんとワイナリーの二本立てでチカを釣ろうと考えていた俺は、前もってプリントアウトしておいた香川の名所が印刷されている紙を差し出した。

「フン。ずいぶん準備いいじゃん」

酒好きのチカは案の定、一瞬顔をほころばせて、わずかな隙《すき》を見せた。

「当たり前だよ。だってこういう機会でもないと旅行も行けないしさ、ほら食い物もうまそうだし頼むよ」

「なに言ってんの？　贅沢なんかできないよ。行くなら青春18きっぷで、向こうで格安レンタカーだよ。それにすぐ休みなんて取れないからね」

久しぶりの旅行にチカは早くも陥落寸前に見える。

「うん、分かってる。休みはできるだけ早く取ってくれたらいいからさ。贅沢も絶対しない。て言うかできないでしょ？　もう毎食うどんでもいいから。俺、絶対モノにするからこの企画は」

と前向きな姿勢を見せてさらにチカを乗せたつもりだったが、

「そう言って今まで何本モノにできなかったのよ……あ、やっぱダメ。そういうの思い出したら何かムカムカしてきた。ほら早くご飯作ってよ。作らないならあたしが作るけど」

「いや作るからさ。今日はチカの大好物だし」

「なに、また無駄遣いしてきたの？」

「してないよ。してないから考えてみてよ」

「臼井さんとか暇なんじゃないの。頼んでみたら。暇人二人で遊んでくりゃいいじゃん」

陥落しそうでしないチカの態度とその嫌味に俺は少しイラッとした。

「いや臼井は忙しいんだって。何か吉原監督のやつ書いてるらしいよ。主演、沖田洋介だって」

「え、マジで⁉」

臼井が忙しいことなど言うつもりはなかったが、イラッとしていた俺は、自分の傷口に塩を塗るついでにチカも道連れにしてやろうと、小さな悪意を込めて言った。俺と同じレベルのライターだった臼井がいつの間にか売れつつあることなどチカだって聞きたくはないだろう。

その効果はあったようで、チカは少しばかり黙り込んでしまった。

「……あんた、また嫉妬《しっと》に狂って時間無駄にしてたんでしょ」

気まずい沈黙の後、チカは口を開いてまさにその通りのことを言った。

いつもならここで大ゲンカになるところだが、今回は『八日村の祟り』の印刷台本をもらったおかげで俺もいつもよりは少しだけ気持ちに余裕がある。そしてその印刷台本の出番はまさに今だ。

「いやいつもならそうなるとこだけどさ。もうやめたんだよ、そういうくだらない嫉妬は。俺も頑張らなくちゃいけないだろ。代々木さんもノってくれてるんだよ。しかも『八日村の祟り』、インできそうだって年内に！　流れ来てるよ今。チカ、チャンスの流れつかみ損ねるなってよく言ってたじゃん」

「フン。いつの話してんのよ。もうとっくにつかみ損ねてんでしょ」取りつく島もなく週刊文春を読んでいるチカは、「あんた、こいつらと同じくらい終わってるから」と路チューしているところを隠し撮りされた中年政治家カップルの記事を引き合いに出して言った。

そんなチカの目の前に、俺は『八日村の祟り』の印刷台本を差し出した。

「ほら見てよ、これ。台本」

「……何これ。やめてよ、いきなり人の顔の前に」

邪魔だと言わんばかりにチカが手で払いのけると、台本はバサッと床に落ちた。

その反応に俺の血液はいきなり逆流したが、何とかキレるのだけは踏ん張って堪《こら》えた。そして俺はひどく傷ついたというような神妙な顔を作った。実際少しは傷ついてもいた。

大学時代に映画会社主催のシナリオコンクールで佳作に入った俺は、そのときの審査員だったプロデューサーに誘われて企画書を書く仕事をポツポツともらえるようになった。だがどんなに企画書を書いてそれが採用されても、脚本を書くのはいつも売れっ子ライターたちだった。ほとんど俺の書いた企画書通りに書かれている脚本を読んで、俺は何度も悔し涙を流したものだが、そんなときにいつも励ましてくれたのがチカだ。

チカは大学卒業後に小さな映画配給会社で働き始めたのだが、そこはほぼ休みもなく、毎日深夜まで残業のうえ薄給だった。

同期がどんどん辞めていくなか、ジュニアオリンピック出場の元水泳選手だったチカは体力的には楽々とこなしていたのだが、そこにいては無収入の俺を支えることができず、おまけに仕事がら多くの監督や映画人に出会うこともあり、それに嫉妬して帰りの遅いチカを、俺はグジグジと責めまくった。それでもまだその頃は俺に愛情のあったチカはその配給会社を辞め、以降は時間的にも融通の利く職をいくつか変えながら俺を支えてくれたのだ。その支えっぷりは、支えられている俺から見ても尋常ではなく、自分の仕事後に俺の企画書のゴーストライターをやり、キーボードを打つのが遅い俺のために汚い手書きの原稿を清書し、人見知りでコミュニケーション下手の俺に代わって取材先のアポ取りから、時には実際の取材までしてくれた。

だからチカは、初めて俺が脚本を書かせてもらえることになったときは悲鳴を上げて喜んでくれた。その脚本は二十回以上も書き直しを命ぜられ、途中で心が折れそうになった俺を、言葉だけでなくときには体も使って励まし癒《いや》してくれた。そのおかげで俺は書き直し地獄を乗り越えることができた。

直しを乗り越え、俺の名前の載った印刷台本を見たチカは号泣したものだが、今はその面影もない。

ふと気がつくとアキが床に落ちた台本に落書きを始めていたので、俺は「ワーッ！」と悲鳴を上げて慌ててアキの手から台本を奪い返した。

せっかくの中トロとミスジの晩餐《ばんさん》だったが、傷ついた俺はロクに味わえなかった。チカも言い過ぎたと思っているのかどうかは定かではないが、夕食の雰囲気は気まずいものだった。

そんな夕食を終え、俺はアキを風呂に入れると早々に寝かしつけにかかった。

あとは傷ついた俺を見て、チカの心境が変わってくれるのを待つしかない。それにはなるべくチカを一人にしておくことだ。一人になれば先ほどの自分の言動を顧みて言い過ぎた、やり過ぎたと少しは反省してくれるかもしれない。何より一緒にいると、すでに傷も回復している俺は余計なことを言ってしまう恐れがある。過去に何度も俺の減らず口で失敗した苦い経験もある。そうなると本当にすべてがパーだ。

アキのリクエストの『ぐりとぐらのかいすいよく』と『おしいれのぼうけん』の二冊を読み終えると、俺はアキをトイレに連れて行くついでに、そっと居間を覗いてみた。

チカが『八日村の祟り』の印刷台本をパラパラとめくっている。その姿は、明らかにさっきは言い過ぎた、台本をはねのけることはなかったと反省しながら、久しぶりに『脚本　柳田豪太』の文字が入った印刷台本を見るなぁと感慨にふけっているかのようにも見える。どうやら作戦は成功したようだ。

「アキ、ママにおやすみ言っておいで。それと、『パパ、四国に行っても絶対に贅沢しないよ』って言っておいで」

「ゼイタク？」

「言えば分かるよ。『シコクに行ってもゼイタクしないよ。お仕事頑張るよ』ってパパが言ってたよって」

俺はアキにセリフを覚えさせてそっと居間に送り出した。

「ママ、おやすみ」

チョコチョコとチカのほうへ行きながらアキが言う。

「おやすみ、アキ」

「あのね、パパがね、シコク？　ってなに？」

「なに？」

「ゼイタクしないって。あと、えーと、お仕事、頑張るって」

「……パパが言えって言ったの？」

「うん」

「……そう」

チカはかすかに笑って言った。その微笑は、何かを諦めたかのような弱々しい微笑だった。

チカは小さなため息を一つつくと、

「……おいで」

と言って、アキを抱き寄せ、そのまましばらく抱きしめた。

「ママ、どうしたの……？」

アキが心配そうに訊いたが、チカは黙ってアキを抱きしめている。

俺は隠れてそっとその様子を見ていた。

これでシナハン旅行に行けることは確定したといっていいだろうが、女房と娘のそんな姿に、胸の奥深くが少しだけチクリと痛んだ。

4

三週間後。香川へと出発する日の朝、俺たち家族は薄らと明るくなってきた午前四時二十分に家を出た。

中央線中野駅を五時前に出る電車に乗るために、まだ寝ているアキを俺が抱っこして中野駅まで徒歩二十五分。アキの体重は十五キロほどだが寝ているときの抱っこはズシリと重い。そして昨晩から荷造りやら弁当の準備でほぼ寝ていないチカの機嫌も少々悪い。

旅の計画は俺が口を挟む余地はなく、このためにシフトのやりくりをして何とか五日の休暇を取ったチカがすべて立てた。

青春18きっぷを使っての鈍行の旅は、中野から東京駅に出てその後は東海道線で熱海、静岡、掛川、豊橋、大垣、米原《まいばら》、姫路、相生《あいおい》と何度か細かく乗り換えて、夕方の十八時過ぎに岡山に着き、そこから快速マリンライナーという鈍行に似つかわしくない爽《さわ》やかな名前の電車に乗り換えて高松に到着するのが今晩の十九時過ぎだ。着いたらどこかでうどんを食べて宿に直行することになっている。

二日目は、うどん作りの女子高生の取材。

三日目は小豆島の由美ちゃんの家に行く。

四日目はこんぴらさん（金刀比羅宮《ことひらぐう》）を回ったりして家族で観光。夜はこの旅行で一度だけと決めた贅沢な食事。

五日目の早朝に、やはり青春18きっぷで帰京の途につき、夜に東京着。

四泊五日というウチにとっては決死の大旅行だが、初日と最終日はほぼ列車内である。宿泊もチカがネットで見つけたウィークリーマンションをホテルに改造したという激安ホテルで、朝食付き（と言ってもトーストとゆで卵とコーヒーだけらしいが）一泊三千四百円という破格の値段だ。だがそこは三日間しかとれず、やむを得ず初日だけ一泊四千五百円の、チカに言わせると清水の舞台から飛び下りる覚悟で予約した、柳田家にとっての超高級ビジネスホテルに泊まることになっている。

眠い目をこすりながら中野駅で中央線に乗り込み、東京駅で東海道線に乗り換えた。幸いにもボックス席を確保でき、アキも眠ってくれているから熱海までの二時間ほどはゆっくりできる。

久しぶりの遠出ということもあり、俺はついつい出発前の謙虚な気持ちを（その気持ちは芝居だが）忘れてウキウキしてしまい、宿から列車の乗り換えからすべてを手配してくれたチカへの感謝の言葉よりも先に、「静岡あたりで駅弁でも食おうぜ。鯛めしのやつ」と言ってしまったがために、ヤツの機嫌を損ねてしまった。

「贅沢しないって約束したでしょうが。こっちは三時に起きてオニギリ握ったんだから、それ食べなさいよ」

いつものように眉間にしわを寄せてチカは言った。

「でも……チカだってビールくらい欲しいでしょ」

「いらない。これにお酒入れてきたから」

チカは水筒に入れてきた焼酎を飲みながら、網棚に放置されていたスポーツ新聞を読み始めた。

「もう飲むの？　まだ六時だよ……」

「なによ、六時にお酒飲んじゃいけないの。あんた、準備も何もしてないくせに文句言わないでよ」

「いや、文句じゃないけど……」

「あたしがこうして節約してるんだから贅沢言ってんじゃないわよ。なによ、駅弁って」

チカはたまの外食で安い焼肉屋などに行ったりするときも必ず水筒に焼酎かウィスキーを入れていき、店内でコソコソと飲む。

その財布のヒモの固さに俺は正直、辟易することもあるが、文句を言おうものなら「だったら稼いできなさいよ」と言われてしまうから何も言えない。だが、あのヒモの固さは俺が稼いでないことだけが原因とはとても思えない。生まれついたドの付くケチだと思うのだが、そんなことはなおさら言えるわけがなかった。

この旅行のために直前のシフトを八連勤にし、昨夜《ゆうべ》も準備のためほぼ徹夜のチカは、酒が入るとあっけなくスポーツ新聞を床に落として大きな鼾《いびき》をかき始めた。

腹がへってきた俺は、チカが午前三時に起きてむすんだ巨大なオニギリと砂糖たっぷりの甘い卵焼きを食べた。食って腹いっぱいになると、俺もすぐに眠くなってきたが、チカと入れ替わりに目覚めたアキが列車内をウロウロし始めたので俺は眠れなくなってしまい、熱海に着くまでアキと一緒にアキのお絵描き用に持って来たマジックでチカのほっぺたに渦巻きを描いたり、猫のような髭《ひげ》を描いたりして遊んでいた。

八時過ぎに熱海に着き、今度はボックス席のない普通の電車に乗り換えると、通勤や通学の人たちで車内は少し混んでいた。

顔に落書きされたまま乗り換えたチカは、クスクス笑う周囲の客や必死に笑いを堪えるアキの態度を不審に思い、化粧ポーチからコンパクトを取り出し自分の顔を見て、「ゲッ！　何これ、もう！　いつやったのよー！」と爆笑した。こうした冗談が通じるところはこの女の素敵なところだと我が妻ながら思う。

楽しそうに笑っているチカに俺は何だかキスしたい気持ちに少しなったが、そんな冗談が通じる割にはこういう場でのキスなどはNGのタイプなので、俺はその気持ちをそっと胸にしまい込んだ。

静岡でまた乗り換えると車内はさらに混んでおり、俺たちはとうとう座れなくなった。

鳥取に青春18きっぷで帰省するときも毎度のこと、このあたりからしばらく座れなくなる。アキが生まれてからは、各駅停車での帰省はあまりに疲れるので、もうやめようと心に誓うのだが、一年たつとその辛さも薄らいでいるし、何よりお金の節約を考えて結局は青春18きっぷを使用している。

「ねぇ、抱っこ」

我慢して立っていたアキがついに言い出した。

仕方なく俺は、混んでいるので体の前でかついでいたリュックをおろしてアキを抱っこしてやるが、早朝に家を出てから寝ていないので眠くてたまらない。十五キロあるアキを十分も抱っこしていると疲れてきて、「交代」とチカと代わってもらう。だがチカもリュックを抱えているし十分ほどで疲れるからまた俺と代わる。十分おきに抱っこを交代していると、アキも不機嫌になってきてフンフンと文句を言い出す。

「文句言わないの。しょうがないでしょ。パパもママも疲れてんだから」

チカに怒られて、アキはすねて黙る。

我々がようやく再び座れたのは十四時前に到着した米原からであった。

俺もチカも疲れ切っており、次の乗り換えの姫路、相生ではアキがどんなに車内をウロウロしようがほったらかしにして寝てしまい、二度ほど他の乗客から「お子さん、一人で降りようとしてましたよ」「落ちてたお菓子を食べてましたよ」と揺り起こされた。まったく子供というのはどうしてこうも疲れ知らずなのだろうか。アドレナリンでも出ているのかアキはほとんど寝ていない。

十八時過ぎに岡山に着く頃にようやく疲れも回復してきて、俺のテンションも再び上がってきた。

「ほら、もう岡山だよ。鳥取のおばーちゃんちの近くだよ」

俺は窓にへばりついて外を見ているアキに教えてやった。

「鳥取のおばーちゃんとこ行くの？」

「行かないよ。今回は四国だよ」

「シコクってなに？」

「えーとね。場所。こないだ教えたでしょ」

「シコクに行くの？」

「そうだよ。そう言ったでしょ。次は海の見える電車に乗るよ」

「海、見たい！」

「ほら、荷物の準備してアキに靴はかせてよ。乗り換えの時間、四分しかないからダッシュだよ。アキ抱っこしてね。行くよ」

チカは自分のリュックを背中にかついで俺のリュックを前にかつぐと、電車の乗降口までさっさと行ってしまう。

電車が停まり扉があいた瞬間、アキを抱っこした俺と、体の前後をリュックにサンドイッチされたチカは猛然とダッシュした。

チカは階段を一段飛ばしで上がって行く。アキをかついで何とか俺も続くが、長旅のすえの十五キロをかついでのダッシュはかなりこたえる。

足がもつれそうになるが、乗り遅れると次の列車まで三十分待ちになるらしい。それくらい遅れても別にいいじゃないかと思うのだが、とにかくチカがダッシュすると言えばついて行かなければならない。

「なに⁉　いないじゃん電車！」

階段を駆け下りながらチカが叫ぶ。

「何で⁉　まだ一分あるじゃん！　ホーム、ここで合ってんの⁉」

駆け下りながら俺も訊く。

チカはホームに立っていた駅員さんに尋ねている。すぐに戻って来たチカは俺の横を駆け抜けると「あっちだって！　あっち！」と今度は二段飛ばしで階段を駆け上がって行った。

「もう無理だよ！」

脱兎《だっと》のごとく駆け上がって行くチカの背中に叫びながら、俺も何とかついて行く。

「ママ、待ってー！」

とアキも叫んだ。

「待って～！　待ってくださーい！」

今度は隣のホームの階段を駆け下りながら、チカは停車中の快速マリンライナーに向かって叫んだが、その叫び声も虚しく電車はゆっくりと走り出した。

「ゲーッ！　何で待ってくんないの⁉」

「……ハァハァ……。待ってくれるわけないだろ……。てゆーか、ホーム間違えんなよ」

ようやく追いついた俺は呼吸を整えながら言った。

「はぁ？　あんたいつも何にも調べないくせになに言ってんのよ！」

そう言うと、チカは腹いせに近くの自動販売機を蹴り上げた。三十分あとの電車に乗ればいいだけだと思うのだが、何が逆鱗《げきりん》に触れたのか、俺は一ミリたりとも分からなかった。


本来ならば夕暮れに映える美しい瀬戸内海とその島々が見渡せるはずだった快速マリンライナーだが、十八時四十一分発のそれではいかに日の高い夏とはいえ窓外は薄暮で、窓に映るのは自分の疲れきった表情だけだった。アキも窓外がよく見えなくて退屈なのかゴール間際のこのタイミングで俺の膝に頭を置いて眠ってしまった。

チカはどこかの席に放り投げてあった週刊プレイボーイを拾ってきて、何の記事か知らないが難しい顔をして爪を噛みながら読んでいる。納得のいかない記事や面白くない本を読んでいるときのお決まりのポーズだ。

「なに読んでるの？」

「えー、なんか信じられないんだもん、どこがいいんだろこの子」

その記事は、演技派として日本を代表するような立ち位置で海外の作品にも積極的に出演していて絵を描かせれば何とか展にも入選し写真を撮らせてもプロ級という芸術家肌のとある四十代の俳優が、若いグラビア系のアイドルと不倫しているという記事だった。その俳優はチカのお気に入りなのだ。

「やっぱなー。こいつ、たいしたヤツじゃないと思ってたんだよ。なんか台本とかにもガンガン口出してくるらしいよ」

「あたし好きだったんだよな。いろいろ活動もしてんじゃん、この人。途上国に学校作ったり」

「売名行為なんじゃないの。人間そんなにいくつものことできないよ。これが正体なんじゃないの。結局若い女がいいんだよ」

俺はニヤニヤしながら言った。

「なにその醜い顔。あー、一気に萎《な》えた。ほんと萎えるわ、あんた。お願いだから口開かないでよ」

そう言うとチカは、またプレイボーイに目を落とし、「この女、絶対腹黒いわ」などと言いながら、爪を嚙みつつ記事の続きを読み始めた。

それから一時間ほどして電車は高松駅に到着した。

駅を出ると、港町特有の磯のいい香りがほのかに漂ってくる。駅からすぐ近くにある港には大きなフェリーも停まっている。そんな光景に、俺はまた旅特有のワクワク感が溢《あふ》れてきてテンションが一気にトップギアに入り、寝ていたアキを抱き上げ、

「着いたよー！　四国だよー！」と大きな声を張り上げた。

アキは眠たげに目をこすりながら、「着いたの？　シコク？　ここシコク？　シコク？」とあたりをキョロキョロと見回している。

「そうだよ！　四国だよー。おなかすいたねー！　なに食べようか」

「なに言ってんの。毎食うどんって言ったでしょ。それにもうすぐ八時なんだからね。あんたのせいで遅れたから、ゆっくり食べてる時間なんてないから」

チカは俺のセリフを聞き逃さずにすかさず言った。

「え、乗り遅れたの俺のせいかよ」

「あんたがチンタラしてるからでしょ。とりあえず、これから『ことでん』ってのに乗って二つめくらいの駅だから、今日の宿は。まだ電車乗るよ」

「えー、まだ乗るのー」

アキが文句を言う。

高松駅のほど近くから出ている琴平《ことひら》電鉄、通称「ことでん」という風情のある鉄道に乗って、俺の旅のテンションはさらに上がった。

二つめの瓦町《かわらまち》という駅に、今日泊まる一泊四千五百円の、柳田家にとっての超高級ビジネスホテルがある。

それにしても「ことでん」の各駅前から延びている商店街はおそろしく大きい。俺はぜんぜん知らなかったのだが、高松という街は商店街の充実に力を入れているようで、いくつかの商店街が連なる高松中央商店街は総長二・七キロだそうで、その数字を聞いても商店街として長いのかどうなのかピンとこなかったが、日本一の規模であるとチカが説明してくれた。

「え、そうなの！　何でまた商店街に力入れてんの、高松」

「知らないよそんなの。高松を舞台にしてんでしょ。少しは調べときなさいよね、暇なくせに」

まったくこの女は旅に出ても小言はへらず、さっきからいちいちムカつく言い方をする。旅に出て少しは開放的な気分にならないのだろうかと思うがその気配はまるでない。

宿のある瓦町で降りると、俺の腹のへり加減は限界に達した。

「あー、もう限界。ホテル入る前に飯食おうよ、飯」

「……食べるか」

さすがにチカもおなかがすいていたのか反対しなかった。もしかしたら空腹が原因でチカの物言いもギスギスしていたのかもしれないと思った俺は、どさくさにまぎれて「よし、食べよう、食べよう。なんかうまいもん食おう！」と言ってみた。

「ダメ。うどん。すぐ調子に乗るんだから。毎食うどんでいいって言ったのあんたでしょ」

「…………」

どうやら空腹が原因ではないようだった。旅に出ても財布のヒモがゆるむ気配のまったくないチカの態度に俺のテンションも徐々に下がっていく。

「贅沢は一回だけって約束したでしょ。まったく油断も隙もないんだから」

それはこっちのセリフだよというセリフをグッと呑《の》み込んで、俺は商店街のはずれに佇《たたず》んでいる見た目「富士そば」のような、なぜに高松くんだりまで来てそんなうどん屋を選ぶ？　と言われそうな何の変哲もない、むしろやや不味《まず》そうにすら見えるうどん屋をあえて指差して、「いいよ。じゃ、あそこに入ろう」と言ってやった。

それは俺のささやかな復讐《ふくしゅう》とでも言うのかあてつけとでも言うのか、何と言うのかよく分からないが、肉を切らせて骨を断つというのか、何でもいいのだが、とにかく旅行に来てまったく開放的な気分にならないことがどれだけ惨めでつまらないことかということを、薄汚くて不味そうなうどん屋で旅の初日の夕飯を家族三人惨めに食すということで少しでもチカに分からせてやろうと思ったのだ。

俺の指差したそのうどん屋を見た瞬間、チカの表情が少し歪《ゆが》んだようにも見えて、俺の復讐は成功したと言ってもいいのだろうが、しかしこれほどまでに成功しても嬉《うれ》しくもなんともない復讐というのもないだろう。

愛想のかけらもない老夫婦が営んでいるそのうどん屋は、東京にたくさん店舗のあるチェーン系の讃岐うどん店のように様々なトッピングがあるわけでもなく、冷めきってパサついたちくわ天やらかき揚げやら当たり前の物しかないうえに、そのほとんどが売り切れで、天かすが少々残っているという状況だった。

へこみながらも俺はザマミロとチカの表情をチラリと見た。苦虫を嚙み潰したような表情を隠しきれないチカにさらに惨めさの追い打ちをかけるべくあえて素うどんを注文すると、チカは怒りを鎮めるかのように「フゥ……」と一呼吸ついてから、「釜玉の中とビールください」と注文した。

「え、一つ？　アキのは？　どうすんの？」

「いらない。アキはあたしと半分こするから。お金ないし。ね、アキ」

「えー。アキ、おなかすいたよ」

「いいの。ママと半分こするの。ウチ、ビンボーなんだから」

「でもママ、そー言っていっぱい食べちゃう……」

「食べないでしょ。パパでしょ、それは。あ、すみません、ビールじゃなくてやっぱり発泡酒にしてください」

そう来たか……。

まさかの一杯のかけそば攻撃だ。しかも大を半分こではなくあえて中を半分ことききた。おまけに嫌がる娘を巻き込んでの一杯のかけそば攻撃に、もう俺は反撃の術《すべ》が思い浮かばなかった。

　東京の讃岐うどん店のほうがはっきりうまいと思えるそのうどんをズルズルと啜りながら、「さすがに香川のうどんは一味違うね」と嫌味を言うのが精一杯だったが、もはやその言葉にどんな意味が込められているのか自分でもよく分からなかった。


　無残な夕食を終え、俺たちは無言で今日の宿になっている「一泊四千五百円なんだからね。ウチにとっての四千五百円って他の家の四万五千円だからね」とチカが十回くらい言って予約したビジネスホテルに向かった。

　そこで俺はさらにチカからの攻撃が待ち受けているとは夢にも思わなかったのだが、何とチカが予約していたのはシングル一部屋だけだったのだ。

「はぁ⁉　何それどういうこと。シングルに三人で泊まれるの？」

「寝られるでしょ、別に」

「いや、そーゆーことじゃなくて泊まっていいの？　チェックインできるの？」

「いいよ、あたしはあとで忍び込むから。あんたとアキ、先にチェックインしてよ。

どうせあんた忍び込みとかできないでしょ。だからあんたの名前で予約しといたから」

「いや、そういう問題じゃなくて……」

という俺の言葉を無視して、チカは俺に荷物を押し付けた。

そのホテルは四階建てのこぢんまりとしたビジネスホテルで、受付も小さい。ここを突破するのは至難の業だろうなと思いながら、アキを連れてチェックインの書類を書いていると「ねぇ、ママは？」とアキが言い出した。

「？」という表情で受付のおねえさんが俺たちを見る。

「え……え、ママ？　ママね、あとで電話しようね」

俺は慌てて取り繕った。

「どうしてママ来ないの？」

「マ、ママはお留守番だから」

受付のおねえさんから宿泊する301号室の鍵をひったくるように受け取ると、俺は逃げるようにエレベーターに乗り込み、部屋に入るとすぐにチカに電話をかけた。

「今、入った。301。どうやって来んの？　受付かなり小さいからバレるよ」

「だから今、裏口探してんでしょ。何か塀で囲まれててよく分かんないんだもん、暗いし」

「気をつけてね」

「気をつけてじゃねーよ、バカッ!」

電話は切れてしまった。まったく自分でシングル部屋を予約しておいてキレているのだから世話がない。

「ママ、来るの?」

「あとで来るからね。大丈夫だよ。お風呂入ろ」

とりあえず、俺は早く汗を流したかった。

「いい。アキ、入んない」

「よくない、入るの。自分で脱いで来るんだよ」

俺のガキの頃に似てアキは風呂に入るのが本当に大嫌いだ。

俺は服を脱ぎちらかして、小さなユニットバスに湯を張りながらシャワーを浴びた。

「アキ、おいでー」

「あとでー」

「すぐ来るんだよー」

「うんー」

ある程度たまった湯につかりながら俺は、まったくなぜにチカはあんなにも怒りの沸点が低いのだろうかと考えていた。

確かに俺の腑甲斐《ふがい》なさもあるだろうが、やはりケチと同じくこれは先天的なものとしか思えない。そのくせ外面はよく、俺の友人たちには妻としての評価が高い。確かにかつての俺への献身ぶりを考慮すればその評価も分からなくはないが、この罵詈雑《ばりぞう》言《ごん》ぶりとたまに振るわれる暴力を見たら同じ評価をくだすことはできまい。

ヤツの母親や父親はヤツのこの本性を知っているのだろうか？　もう何度も感じている疑問を俺はまた考える。知っているとすれば俺に詫びの一つもあってもいいだろう。見て見ぬふりをしているとしか思えない。ヤツの両親には金銭的に何度も援助されていることは棚に上げて、俺は脳内でチカの両親にも散々毒づいた。

「パパ！　ねぇパパ！」

突然、横でアキの声がして俺はハッと目が覚めた。

「パパ！」

「ん？　んあ。な、なに？　あ、まだ服着てんの？」

寝不足と旅の疲れで俺はいつの間にか湯船で眠っていたらしい。

「ドアがドンドンいってるよ」

「え、なに、今、何時？」

しまったと思いながら俺は風呂から飛び出して、濡れた裸体のままドアの覗き窓から覗いてみたが誰もいない。

「誰もいないよ」

「だってドンドンっていったもん。さっき」

時計を見ると二十二時過ぎだ。チェックインしたのが二十一時過ぎだったから俺は三十分以上風呂で寝ていたことになる。

体をふいているとまたドンドンと音がしたので、覗き窓から覗いてみると、ドアの前には不機嫌極まりない鬼のような形相をしたチカが立っている。

俺は慌てて全裸のままドアをあけた。

チカは全裸の俺を見るなり、「はぁぁ!?　風呂、入ってんじゃねーよ！」と怒鳴った。

「ご、ごめん、だって――」

「だってじゃねぇよ！　こっちは最低な思いしながら忍び込んできたんだよッ！」

「ど……ど、どうやって入ったの？」

「どもるな！　すっげー高い塀、乗り越えたんだよ！　見ろよ、これ！」

チカは肘と膝をすりむいて血を流していた。

「服は破れるしよぉ！　どうしてくれんだよ！」

「いや……塀乗り越えてどうしたの？」

「非常階段で来たんだよ！　どんなにノックしても出てこねーしよぉ！　どうせ風呂入ってるか寝てるかと思ったけど案の定だよ、このクソ野郎が！」

「ちょ、ちょっと……声落とせよ。隣に聞こえるよ」

「知らねーよ！　タコッ！」

チカのキレっぷりにアキがポカンとしている。

「とりあえず、風呂入っといでよ」

「言われなくても入るんだよ！」

チカはユニットバスに入って行くと、叩きつけるようにドアを閉めたが、部屋の空気圧か何の関係かはよく分からないが、その怒りっぷりに反してドアはずいぶんゆっくりと静かに、しかも閉まらず、途中で止まった。

チカは怒りに任せて力いっぱいそのドアをバタンと最後まで手で閉めたが、次の瞬間に顔を出し、「プレイボーイとれ！」と言った。

「あ……えーと……」

俺は先ほどチカが電車内でひろった週刊プレイボーイを鞄から出すとチカに渡した。

チカはプレイボーイをひったくると、また力任せにドアを閉めた。

「……ママ、どうしたの？」

「ん？　何でもない。大丈夫だよ。あんな言葉使っちゃダメだよ」

「ねぇ、アキもお風呂入ったほうがいい？」

「あー、いい、いい。今日はいいよ、入らなくて。もう寝な。ね。ほら、着替えて。特別に、も少しテレビ見てもいいから」

「ママ、怒らないかな？」

「入ったことにしとこ。ね」

アキを風呂に入れずに、俺だけ入ってしかも寝ていたことがこの状況でバレたら、本当に殺されかねない。

「何か冷蔵庫にお酒あったら取って！」

風呂からチカの声がした。

部屋の冷蔵庫をあけると缶ビールがあったので、俺はいまだ全裸のまま風呂場に持って行った。

チカはプレイボーイを読みながら湯船につかっている。

「少し高いよ、部屋のお酒」

「しょうがないでしょ。飲まなきゃやってられないんだから。それよりアキさっさと寝かしてよ。いつまでテレビ見せてんのよ」

「寝るよ。もう寝るとこだったんだから」

「つーか、お前何か着ろ。ここまで来て風邪でもひいたら承知しねーからな。粗チンさらしてんじゃねぇ」

風呂に入って落ち着いたのか、チカの口調には五分の一くらいは冗談のような雰囲気も混じっていた。

「一緒に入ろうか」

全裸ついでに俺は言ってみた。

「調子のんな。失せろ」

プレイボーイを読みながら、チカは言った。

5

翌朝、俺たちは十時前にホテルをチェックアウトして出発した。

近くのガソリンスタンドでこれもチカがすでに予約していた中古車限定の格安レンタカーを借りて、凄まじいスピードで手打ちうどんを打つ女子高生のいる家に向かう。

彼女の家はうどん屋を営んでいるわけではないのだが、小学生の頃に家庭科の授業で手打ちうどんを作ってからうどん作りにはまってしまい、家で作るようになったらしい。

取材に行きたいということを電話で伝えると、気さくな感じのお母さんが「どうぞ、

どうぞ、すみませんねぇ、遠いところを」と言っていた。

取材の日時は前もって決めていたが、着く前にもう一度電話をかける約束をしていたので、俺は彼女の家に電話をした。

左手に海を見ながら走る国道11号はとても気持ちがいい。

後ろの席にいるアキが「海だー！　ねえ、海だよ！」と騒いでいる。

「海なんか鳥取のおばーちゃんとこで何度も……」見ただろと言おうとしたら電話がつながった。

「あ、もしもし。あの、東京のシナリオライターの……あ、はい、柳田です。先ほど、高松の宿を出ましたので……あ、そうですか。すみません、よろしくお願いします。はい……はい、後ほど」

電話を切ると俺はチカに言った。

「三十分くらいで着くはずだって。やっぱいい感じだよ、ここのお母さん」

「うるさい。話しかけるな」

チカは三年前に家族で奥多摩にキャンプに行って以来の運転ということもあって、またもピリピリしている。おまけに車にはナビがついていなくて、しかも俺は地図を見るのが苦手なもんだから、チカは道が分からなくなるといちいち車を停めて地図と睨《にら》めっこしなければならない。

触らぬ神に祟りなし。チカには存分に運転に集中してもらうために俺はそれ以上話しかけるのを控えて、録音用の小型カセットテープレコーダーを鞄から取り出した。

そのレコーダーはチカが十五年以上も前、俺たちが付き合い始めた頃に、将来忙しくなったら絶対に必要だからと買ってくれたものだ。ウォークマンの録音機能付きのようなもので、いまどきこんな古い機械を使っている同業者は誰もいないだろう。

「あー、あー、ただいまマイクのテスト中。テストテスト」

俺が言うと、後ろの席でアキが「テストテスト」と真似《まね》して言った。

「ねぇ、パパそれかしてー」

「ん。ちょっと待ってね。アキ、何か歌ってみ。ここ押して」

「アナユキでもいい？」

「うーん。アナユキじゃないやつもたまには歌えば」

「ヤダ。アナユキがいい」

アキはレコーダーをマイクに見立ててはしゃいで歌い出した。

「ちょっと壊さないでよね。それ、あたしのなんだから」

運転しながらチカが言う。

「え、これ、俺に買ってくれたんじゃん」

「やっぱやめた。あんた、ぜんぜん使う機会ないし」

「なんでよ。使ってたじゃん。てゆーか、いないよもう、こんな古い機械使ってるやつ」

「じゃあ、使うな！」

まずいまずい、口をひらけば神に触れてしまう。俺は他人の前ではあがり性で口下手だから取材先ではチカにかなり世話にならなければならない。ここで怒らせては取材にも支障をきたすので俺は再び口に固くチャックをした。

杉森菜々美《すぎもりななみ》ちゃんという名前のその女子高生のうどんを打つ姿は目の前で見ると、テレビで見るよりも何倍も迫力があり、そのスピードも三倍速くらいで見ているかのように速かった。

見た目はＡＫＢ48にでもいそうなかわいらしい子だが、いざうどんを打ち始めると、宇宙人か悪霊にでも憑依《ひょうい》されたかのように、体を揺らしながら白目を剝《む》いて麺棒《めんぼう》でうどん粉を延ばし始めた。ほとばしる汗は近くで見ている俺たちのところにまで飛んでくる。

だがどんなにその姿に迫力があろうとも、もう俺には何の意味もないものだった。むしろ迫力など微塵《みじん》もないほうがまだ良かった。

「似たようなことを考える人が多いんですねぇ。この子が映画やらマンガになるなんて信じられません」

目を細めて娘を見つめながら菜々美ちゃんのお母さんが言う。

「はぁ……」

俺は、うどんを打つ菜々美ちゃんの姿をボケッと眺めながら気の抜けた声で返事をした。

横ではチカが眉間にしわを寄せて苦虫を嚙み潰したような――この旅に出てからずっと、というか普段の日常生活からそんな表情ばかりだが――いつもの表情で立っている。

せっかく香川くんだりまで来たというのに、旅の目的はあっけなく失われてしまった。

何と菜々美ちゃんをモデルにした映画と、時期を同じくしてマンガまで連載されることになっているようで、来月に映画のクランクインを控えているのだという。だったら電話したときに教えてくれよ……。という言葉を呑み込んで、俺は白目を剝いてうどん粉を延ばす菜々美ちゃんの姿を呆然《ぼうぜん》と見つめるしかなかった。

「お昼ごはんも食べて行ってくださいねぇ。たいしたもんはありませんけど、量だけはたくさん作ってますから」

「ご主人、いけるクチでしょ？」

いつの間にか出て来た菜々美ちゃんのお父さんが、何を根拠にそう言うのか嬉しそうにニコニコしながら言った。

「奥さんは……あ、車か。そら残念。たいしたもんはありませんけど、適当にこしらえてますからどうぞ奥に」

どうやらお父さんは、奥で料理やらお酒の準備をしていたらしい。

「まぁ、だいたい菜々美はこんな感じですから。奥で休んでください。あとで菜々美の作ったうどんも出しますから。この人、朝からはしゃいでいろいろ準備してますから」

　菜々美ちゃんのお母さんが言った。

　奥の広い居間に通されると、テーブルの上には刺身やら唐揚げやらすごいご馳走がたくさん並んでいる。

「刺身も今朝とれたもんばかりですから。知り合いに漁師しとるのがおりましてねぇ。ささ、どうぞ。はい、一杯、一杯。地酒もありますから」

　お父さんは一刻も早く飲みたいらしく、まだ座ってもいない俺にビールをつごうとする。

「お父さん、そんなに焦らないで。先生たち、菜々美に話を聞かなきゃいけないんだから。すみませんねぇ」

「あ、いえ……」

「そんなん飲みながらナンボでも聞けるだろうが。いいですなぁ。センセイみたいな自由な仕事は。家族旅行も兼ねてねぇ」

「はぁ……」

　気合いの入らない俺の代わりにアキが唐揚げをバクバク食べている。そしてうまそうな地酒を目の前にしながら運転があるので飲めないチカは、愛想笑いを浮かべながらも憮然《ぶぜん》とした表情を隠しきれていない。酒が飲めないこととすでに別の映画会社に先を越されていたことへの怒りが、マグマのように腹底に渦巻いているのだろう。

「センセイはあれですか。やっぱり芸能人の人とかよく会われるんですか?」

一杯飲んだだけで赤い顔になっているお父さんが訊いてくる。

「いやまぁ……。そうでもないですけど……」

「テレビの人が来るたびにそればっかり訊いて。恥ずかしい」

お母さんはそう言いながら、自分にもついでくれと両手でコップを持ってお父さんの前に出した。

「お前も飲むんかい。いや、テレビの人じゃないだろ。センセイは映画の人だろ。ねぇ」

お父さんはお母さんにビールをつぎながら言った。

「まぁ……同じようなもんなので……」

「そうですか。私らからしたらテレビでも映画でも、なんちゅーか夢の世界っちゅーか……あ、奥さんは水でいいですか?」

「え？　あ……あ、はい。いただきます」

チカの作り笑顔が大きく歪んだのを俺は見逃さなかったが、お父さんもお母さんもそんなことは意に介さないのか気づきもしないのか、チカの目の前にコップの水をドンと置いて改まっての乾杯となった。

「ま、乾杯」

「いただきます……あー……。お水美味しいですね、やっぱり」

引きつり気味の作り笑顔でチカが言うと、「まぁ水くらいですから。こんなとこで自慢できるのは。水だけは本当に美味しいんです」とお母さんは嬉しそうに言って、チカのコップにまた水をついだ。

その後はひたすらお父さんがこれから映画とマンガになる娘の自慢話と、自分がいかに岩下志麻を好きかということを話していたが、ほとんど頭には入ってこなかった。

しばらくすると菜々美ちゃんが作りたてのうどんを持って恥ずかしそうにうつむいてやって来た。

他社に先を越されてしまった以上、質問することは何もないし、おまけに菜々美ちゃんは極端な人見知りときていたから、やはりお父さんがしゃべっているだけだった。

刺身やら唐揚げやら俺の大好物の味もよく分からないままに、岩下志麻の話と、お母さんは水谷豊を好きだということを散々聞かされ、ついでにいつの間にかその場からアキを連れ出して遊びに行ってしまった菜々美ちゃんは嵐の二宮が好きということだった。

「ご主人はあれですか。今まで会った女優さんで誰が一番きれいでしたか?」

お父さんが本日五度目のこの質問をまたしてくる。

「もう!　萬田久子さんて何べんも言ってるでしょうが」

お母さんが五度目の返答をする。

「萬田久子よりは岩下志麻だろうが」

「いや……実は皆さん目の前で見るとそんなにたいしたことないですよ」

「そりゃ、奥様に勝てる人はおらんでしょうなぁ。ガハハ」

とお父さんが笑うというこのオチを、あと何回繰り返せば解放されるのだろうか。

「あの……」

それまで愛想笑いを浮かべるくらいしかしていなかったチカが突然、口を開いた。

「はい?　あ、お水持ってきましょうか?」

お母さんが腰を上げようとするのをチカは制しながら、

「いえ、大丈夫です。あの、もう本決まりなんですか？　今回の映画とかマンガの話……」

「は……？」

チカの突然の質問に、俺は思わずお父さんやお母さんの代わりに声を出してしまった。

「何とかなりませんか？　多分、こっちのほうが面白いと思うんですけど……」

「お、おい……なに言ってんの……」

この期に及んでチカは何を言い出すのかと俺は困惑した。

「あ、でも……。来月には撮影始めるって……こないだも監督さんやらスタッフの方も来て……ねぇ」

お母さんもやや困惑気味にお父さんに言った。

「うん。始めるって言うてましたよ……」

お父さんも困っているがチカは止まらない。

「でも映画って、そう言っておきながら直前で頓挫《とんざ》することもあるんです。怪しい会社が多いんですよ。この人も何度も騙《だま》されたり、お金もらえないこともあったりして。ね」

「いや……ねって……」

そんな無茶ぶりに答えようはない。

「あるよね、そういうこと。けっこう」

チカは畳みかけるように言う。

「ま、まあ……。確かに怪しい会社も多いことは多いんですけど……。そこまで話が進んでるなら別に……。あの……だ、大丈夫だと思いますよ。ね」

仕返しのつもりはまったくなかったが、何を話していいものやらまったく分からないので俺はチカに振り返した。

チカは平然と受けて話を続ける。

「この人、菜々美ちゃんのニュースを見てから何年もこの企画温めてたんです。あたしもすごい面白いと思うし、あんたも自信あるんだよね。でしょ？」

「え……あ、まぁ……」

「まぁじゃなくて、こういうときにしっかりアピールしなきゃダメじゃん。なにウジウジしてんのよ」

「いやしてないけど……」

「してるよ。この人、いっつもこうなんです。こうやってチャンス逃すんです」

今日、初めて会う赤の他人にそれを言ってどうすると思いながらも、おそらくチカは香川くんだりまで来てこんな結果になってしまったことで何らかのスイッチが入ってしまったのだろう。

「あたし、いつももっと積極的にならなきゃって言うんですけど、ダメなんですこの人。何も言えないんです。家じゃ威張ってるくせに、外じゃぜんぜんダメなんです、小さくなって。あ、すいません、こんな話。でも、情けないんですもん」

「いやあの……ちょっと待ってよ、なに言ってんだよ」

俺は冷や汗をかきながらコソコソと言った。

「なによ、モゴモゴしてないでちゃんと言いなさいよ」

「いやだから……そんな話いきなり聞かされても困るだろ」

「だから今、謝ったじゃん。聞いてんの？」

チカの声には怒気まで含まれてきた。

お父さんとお母さんは口をポカンとあけて、目の前で意味不明なことをのたまっている夫婦を見つめている。

「あの……あ、じゃ、もし何か……何か万が一延期とかそういう話になれば……えっとご一報いただくとか……」

「何それ。もっとしっかり言いなさいよ。ほんとによろしくお願いします」

チカは頭を下げたが、万が一、今回の菜々美ちゃんの映画が延期や中止になったとしても、俺に連絡がくることは間違いなくないだろう。

すっかり気まずくなってしまったこの場を救うように菜々美ちゃんがアキを連れて帰ってきてくれた。

「あ、じゃあそろそろ……行くよね？」

一刻も早くこの場から逃げたい俺はチカに言った。

「すみませんでした、お時間とらせて。ちょっとこのあと屋島《やしま》で夕暮れを見る予定がありますので失礼します。あの、ほんとによろしくお願いします」

チカは最後にもう一度お願いしたが、お父さんとお母さんはまだ口をポカンとあけたまま「はぁ……」と気のない返事をしただけだった。

6

「お前さ……何だよあれ。なにいきなり訳分かんないこと言ってんだよ」

俺は車に乗り込むなりチカに言った。

「は？　何が？」

不機嫌極まりない声で車を出しながらチカが答える。

「映画は本決まりですか？　とか、企画くれとかさぁ。お前、俺らのほうがよっぽど怪しいじゃねーかよ」

「知らないよ、そんなの。てかあんた何のためにここまで来たのよ、無駄金使って」

まだポカンとした顔のまま玄関前で見送ってくれている菜々美ちゃん一家にチカは作り笑顔で頭を下げたが、見えなくなるとサッと鬼の形相になった。

「ったく、なにが訳分かんないこと言うなだよ。あんたのためにこっちが恥かいてやってんでしょうが。あたしだってあんなこと言いたくないわよ。でももしかして向こうの企画が流れるってこともあるでしょうが。ここまで来て無駄に帰ってどうすんのよ」

「あるわけないだろ、流れるなんて」

「あるかもしれないでしょ。あんた何度流れてんのよ」

「いや、さすがに一か月前で流れないだろって」

「うるせーなぁ。可能性がゼロよりマシだろうが！」

「……いやでも……あれじゃ完全に怪しい夫婦じゃねーかよ。向こうは娘が映画になること喜んでるのに水さしまくってさぁ。もしかしてがあっても、絶対連絡なんかないよ」

「うるさい。黙れ。あたしははらわたが煮えくり返ってんだよ、お前の持ってなさに」

「なんだよ、持ってなさって」

「持ってないだろうが、何にも。香川まで来てこれだぞ」

「だって……まさかあんな話になってるなんて思わないだろ。言ってくれって話だよ。しょうがないだろ」

「しょうがなくねーよ。お前はなるべくしてこうなってんだよ。ったく自分だけ酒飲んで赤い顔しやがって」

「取材させてもらってあんなご馳走まで作ってもらったら無下《むげ》にできないだろ」

「取材なんかしてねーだろ」

「でも断れないだろ、あの状況で。お前だって刺身とか食ったからいいじゃんかよ」

「食ってねーし」

「食ってたじゃん、カツオ。見たよ、俺」

「お酒が飲みたかったんだよ‼」

　とうとうチカは怒鳴り声を上げた。

　アキは後ろの席で菜々美ちゃんにもらったシールに夢中になっている。

「だいたいホントにここまで来る必要あったのかよ、え、お前。ただ旅行に来たかっただけだろうが？　現実逃避したかっただけだろうが」

「いや、どんなとこか分からないと脚本書けないこと知ってるだろ。町の空気とか」

「何が空気だよ。お前、空気なんか全然読めねぇだろうが！　ああ、あんたに付き合ったあたしがバカだった。ほんとバカ。クソバカッ！　我ながらイヤになるわ、このバカさ加減」

「ねぇケンカ？　ケンカ？」

後部席のアキが慣れた口調で訊いてくる。

「ううん。ケンカじゃないよ。パパの仕事が何もできなかっただけ。こんな遠くまで来たのにね。もったいないね。ダメだね。はぁ〜、何しに来たんだろ。ダメダメだね、アキのパパは」

「お前、いいかげんに――」

俺はしつこいチカの言い草にキレそうになったが、ここでキレて大ゲンカしては本当に香川まで何しに来たのか分からないので、続きの言葉をグッと呑み込んだ。

「なに？　何なの？　いいかげんにしてほしいのはあんただっつーの」

「……いいよもう。ケンカはやめよう。せっかく来たんだし……どっか行こうよ」

俺は怒りを抑えて冷静に言った。

「別にケンカしてないし。あんたがダメなだけだし。いいよね、あんたは横に乗ってふんぞり返ってるだけだから。あたしのこと財布や運転手代わりに使ってさぁ。まったく何様のつもりなんだっつーの。仕事もできないくせに」

しばらく続きそうなチカの文句を聞きながら、俺は目を閉じて心をどうにか平静に保とうとした。が、チカはしつこくカランでくる。

「おい、寝るな。助手席で寝てんじゃねぇ」

「いや、寝てないから……」

「お前が目をそらしてどうすんだよ」

「何だよ、目をそらすって……」

「あたしの文句をちゃんと受けろ」

「だから聞いてんじゃん。さっきから」

「ちゃんと受けて返事しやがれ」

「ねぇ、酔った」

後部席のアキが気持ち悪そうな顔をして言った。

「なに？　ゲー出るの？」

俺が訊くと、アキは困ったような顔をしてコクンと小さく頷《うなず》いた。アキには悪いが、カランでくるチカにうんざりしていた俺にとって、アキの車酔いは助け舟のようなものだ。

「もう出るってよ」

俺はチカに言った。

「出るってよってバカみたいに言ってるだけじゃなくて、何とかしなさいよ。これレンタカーなんだから。ほら、そこにビニール袋あるでしょ。アキ、もう少し我慢できる？　すぐ停めるからね」

「もうダメ……」

「待って！　もう着くから！」

ちょうど目的地の、瀬戸内海を見晴らし良く展望できる屋島のあたりを走っていたので、チカは展望台の駐車場に入って車を停めた。

降りた瞬間に、アキは菜々美ちゃんの家で食べた刺身やら唐揚げをゲロゲロゲロッと一気に吐いた。周囲にいた観光客の人たちがびっくりして俺たちのほうを見た。

アキの背中をさすりながらペットボトルの水でゲロを流すチカを見て俺は、やっぱり母親ってのはすげぇなあと思っていた。

はっきり言って、俺はこの状況が恥ずかしくて、ゲロなんかそのままでいいから一刻も早くこの場を離れたいと思っていた。

「なにボケッとしてんのよあんた。手伝いなさいよ」

「え？……えっと……何すればいい……？」

「水買ってきなさいよ。恥ずかしいとか思ってんでしょ、どうせ」

すっかり見破られていた俺は、慌てて自動販売機に水を買いに走った。少しでもこの場を離れることができるのをラッキーだと思いながら、なるべくゆっくり水を買って戻ると、チカは車の助手席を倒してアキを寝かせて額をなでていた。

「水だよ。飲む？」

俺がアキに水を差し出すと、アキはこくりと頷いて少しだけ水を飲んだ。

アキの気分が回復するのを待って、せっかくだからと見晴らしの良い展望台まで行ってみた。

ひとしきり吐いて休んだアキは、さっきまでの車酔いがウソだったかのようにケロッとした表情で元気に走り回っている。

展望台からは、夕日がキラキラと美しく反射する瀬戸内海とその島々が見える。その中にぽかんと浮いている漁船には、子育ても一段落した初老の夫婦が乗っており、あとを継いでくれと息子にも言えず、細々と漁業を営みながら日々を静かに過ごしているような物語を想像させた。

「……きれいだね」

俺は不機嫌そうな表情でその光景を眺めているチカに言ってみた。

「何が？」

「いや……夕焼け」

「フン。そんなのきれいに決まってんでしょ。わざとらしい」

「……上にお寺とかあるみたいだけど行ってみる？」

「いい。どうせ拝観料とか取られるでしょ。だいたいあんた、お寺なんか興味ないじゃん。もういいよ。宿に戻ろ。なんか疲れた。ずっと運転してるし、無意味な一日だったし」

「……あ、じゃあワイナリーでワイン買っていけよ。何か買い込んで宿で飲めばいいじゃん」

何とかチカの機嫌をとろうと俺は言った。

「当たり前でしょ。飲まないとやってらんないわよ。あんた一人だけ美味しそうに飲んでさ。アキ、行くよー」

「ほとんど飲んでないじゃん。俺、酒好きじゃないし」

「でも、飲んだでしょうが」

「そりゃ少しは付き合いで飲んだけどさぁ……。だって飲まないと失礼だろ」

まったくチカにとって酒の恨みは本当に恐ろしい。

帰り道に寄ったワイナリーで、チカはさらに不機嫌になった。

さびれた雰囲気のそのワイナリーには俺たち以外に客がいなかったのはまだいいとして、試飲用のコップを見たチカは「これじゃマウスウォッシュのキャップじゃん。テンション激下がり」と文句を言い出した。

そもそも車だから飲めないのだが、そんなことを咎《とが》めようものなら従業員の目もはばからず怒鳴り出しそうなので俺はもうほったらかしておいた。

「ねぇ、ちょっとあの店員の目、そらしてよ。なんかずっとこっち見てて腹立つ」

「何で見てるの?」

「知らないよ。私が車なのに飲んでると思ってんでしょ」

「飲んでるじゃん」

「飲んでないから。なめてるだけだから。いいから見ててよ。水筒に入れるから」

「え、何を」

「ワインに決まってんでしょ」

そう言うと、チカは俺の体に隠れて、試飲用のワインの中でも一番高級なワインをどぼどぼと水筒に入れ始めた。

「おい……頼むから運転しながらは飲まないでくれよ」

俺はそれだけ言うのが精一杯だった。


その後、高松の商店街で小豆島特産のオリーブのマリネやら阿波尾鶏《あわおどり》の唐揚げや焼き鳥やらを買い込み、本日から宿泊することになっている激安ホテルへと向かった。

ウィークリーマンションをホテルに改装したというその建物は、見た目にはややボロな四階建てのアパートのようだが、中は広くてなかなか快適だった。

俺たちの泊まるツインの部屋は、ダイニングキッチンに四畳半の畳部屋、それに寝室と三つも部屋があるのだ。洗濯機と電子レンジと冷蔵庫までついているうえに、食器や鍋や薬缶に急須、入浴剤や洗剤まで用意されており、まるで誰かの家に来ているような感じだった。

二つのシングルベッドをくっつけて大きなベッドにしてやると、アキはその上でピョンピョン飛び跳ねながらはしゃいだ。

「よく見つけたね、こんなの！」

俺は心の底から感心して言った。

「あんたとアキが少しでも喜んで安く泊まれるとこ、かたっぱしから探したんだから。褒めなさいよね、少しは私のこと。このリサーチ力」

高級ワインをかっぱらったからか、チカの機嫌も少しは良くなっているようだ。

「いや、ほんとすごいすごい！　これで一部屋三千五百円ってあり得ないよ！　一人ほとんど千円じゃん！」

節約のためならとことんケチるが、こういった掘り出し物を見つけるのもチカはうまいのだ。

たっぷりとお湯を溜めて（家では半分しか溜めさせてもらえない）ラベンダーの入浴剤を入れた風呂に入ると、アキは疲れていたのかくっつけた二つのベッドのど真ん中で、すぐにすやすやと寝てしまった。

浴衣に着替えたチカは四畳半の居間で、太腿《ふともも》を豪快にはだけさせながら寝そべって、テレビを見ながら由美ちゃんと明日の段取りを電話で話している。

ワイナリーからかっぱらってきたワインもグイグイすすみ、機嫌はすこぶる良さそうだ。

俺はしばらくアキの背中をトントンと叩き、上手に寝かしつけをしているよくできた父親のアピールをしつつ、セルライトだらけのチカの太腿を眺めていた。

「それで今日もさぁ、ほんと使えないの、聞いてよー！」

明日会うというのに、チカは今日の俺の失敗談を話し始めた。

俺の悪口でチカの機嫌が良くなるのなら助かるし、何ならアキもぐっすりと眠ってしまったことだから、電話後のチカの機嫌によってはセックスに持ち込めるかもしれないと、セルライト太腿に欲情したわけではまったくないが、俺は溜まっていた性欲がムラムラと湧きあがってくるのを感じた。

頭の中がセックスしたいモードになってしまうとどうにかして事に持ち込みたくなる俺は寝ているアキの横からそっと離れて、電話で話しているチカのグラスにワインをついでやった。

「うわー、ヤダヤダ！　なんかワインつぎに来たよ。何か考えてるよ！　下心あるよ絶対」

　電話の向こうの由美ちゃんにチカは言う。

「え、ないよ、そんなの。俺だって疲れてんのに」

　アキのゲロのときと同様に見透かされてしまい、俺は少し気恥ずかしかったが、チカの機嫌はどんどん良くなっているようで、何だか今晩はいけるのではないかという気がしてきた。

　その後、チカの電話は三十分以上も続いた。

　俺はスポーツニュースを見ながら、チカが電話を切ったあとにかけるべき第一声の言葉を考えていた。セックスさせてもらうにはその第一声はとてつもなく重要だ。「電話、長かったね」などと何も考えずに言おうものなら、「いいでしょ、たまにしか話さないんだから。しかもソフトバンク同士で通話料無料だし。言っとくけどあんたのほうが、あたしのケータイ代よりはるかに高いんだからね」などとカラんできかねない。

　だから慎重に選び抜いた言葉を俺はかけた。

「やっぱり由美ちゃんとは気が合うよね。声がすげー楽しそうだもん。いいよね、友達っていうか、なんかチカと由美ちゃんの関係って。ベタベタしてないし、サラッとしてるようだけど根っこは深いし」

　素晴らしい友達を持ったあなたは素晴らしい人間だということを匂わせたつもりだ。

「そうなの。やっぱりあたし、由美が一番しっくりくるんだよね。一緒にいてすっごく楽なの」

　チカは乗ってきた。

「分かる、分かる。俺も由美ちゃん、好きだもん」

　由美ちゃんとチカは、映画研究部の後輩の中でも、なぜか俺によくなついてくれたのだ。

「由美ってなぜかあんたの評価高いんだよねー。あんたとの結婚に賛成してくれたのって由美だけだもんね。あとはみんな心配して反対したけど」

　俺の狙いが功を奏しているのかどうかはよく分からないが、とにかくチカの機嫌を損なわないようにさらに楽しい気分にさせなければならない。

「由美ちゃんってどっかユニークなとこあったしね。女子なのにペキンパー好きだったりして」

そんな子と友達だったチカもユニークだし、そんな子が結婚に賛成してくれたのだと言外に匂わせたつもりだ。

「それで明日は何時に行くの？」

「十二時。ランチ作って待ってるって。替えるよ、これ。つまんないから」

チカはテレビのチャンネルをスポーツニュースからバラエティ番組に替えた。

「楽しみだね。由美ちゃんとチカが一緒に住んでるとき、料理最高だったもんね」

大学四年の頃、二人は同居していたのだ。

「あんた、毎日食べに来てたもんね」

「あれで五キロ太ったから。明日は旦那もいるの？」

「なんか仕事なんだって」

「えー、残念。会ってみたかったなぁ。結婚式、行けなかったし」

「あんたもアキ連れて海とか行って来てよ。せっかく由美と久しぶりに会うんだから少しは二人にさせてよね」

「そりゃ海も行くけどさ。由美ちゃん、俺とも話したいんじゃない？」

「ないから。ホントいらないからあんた」

「…………」

さて、ここからどうやってセックスに持ち込む会話に切り替えていくのか非常に難しいところだ。

「ロクなのやってないなー」

チカはチャンネルをカチャカチャと回して普通のニュース番組にした。

俺たちはしばらくニュースを眺めていた。

「そう言えばこないだあったじゃん、何か変なニュース」

俺は色っぽい話に持ち込めそうな数日前に見たニュースを思い出して言った。

「変なニュースなんて毎日たくさんあるじゃん」

「いやほら、山の中に寝泊まりしてる土木作業員がさ、遭難したカップル助けたニュース。あれ、土木作業員がこないだ逮捕されたんだって」

「そんなニュースあったっけ？　だいたいあんた、仕入れた情報をさも当たり前のように話すけど、ちゃんと説明してよ。いっつも主語ないし、こっちはあんたみたいに日がな一日ネットばっかり見てられないんだから知らないよ」

とチカは不機嫌そうに言った。

まったくどこから不機嫌の芽が生えてくるか分かったものではない。

「いや、だからそういう事件があってさ、その土木作業員のオッサンがなんかムラムラしちゃって女のほうにイタズラしちゃってたんだって。介抱してるうちに」

「で？」

「いや、そのとき男のほう、何してたのかと思ってさ」

「寝てたんじゃない？」

「え……何で？」

「だって遭難したんでしょ。疲れて寝てたんじゃないの」

「……そうかなぁ」

確かにそうだと思いながら俺は言った。

「なによ？」

「いや……まぁ寝てたかもしれないけど、実はその状況に気づきながらも寝たふりして聞き耳立ててたのかなって」

「バカじゃないの。あんたじゃないんだから。ＡＶの見過ぎだよ。つーか、すっげぇつまんないこの話。死ぬほどつまんない」

「……あ、マッサージでもする？　俺、だいぶツケがたまってるでしょ。トランプの負け。罰ゲーム」

俺は攻め方を変えてそう言った。

「いい。トランプの負けなんて何年前の話よ」

チカは間髪をいれずに断った。

「いいの？　四十五分くらい負けがたまってるからがっちりやるよ。疲れてんでしょ、運転とかで」

「下手だからいい。つーか四十五分どころじゃないから。五時間くらいたまってるから」

「そうだっけ？　じゃまぁ一時間くらい上手にするから」

「しつこいな。いいって言ってんじゃん。言っとくけどセックスなんかしないよ」

すでに見透かされていた。

「い、いや、別にセックスなんて言ってないじゃん。あ、やっとく？　せっかく旅行来てるし」

「しない」

「何で？」

「したくないから」

言いながらチカは大きなあくびをした。

眠たいときにしつこく求めると、チカの機嫌はすこぶる悪くなるのだが、したいモードに突入している俺はそう簡単には引き下がれない。

「いいじゃん。こういうときくらい。お願い。ね」

「ヤダ。もう寝る。こっちは一日中運転して疲れてんの。しかも無駄な取材のために」

チカはアキの横にドタッと横になった。

「じゃ、横で寝かせて」

俺はチカの大きな背中にコバンザメのようにしがみついた。

「うぜー」とチカは言いながらも、それくらいなら許してやらないこともないという感じが伝わってきたように思えたので、俺は浴衣の隙間からチカの股間に手をいれた。

その瞬間、いつもの裏拳が飛んできて俺の鼻にあたった。鼻にあたることはめったにないから、あまりの激痛に俺は一瞬カッとしてしまい、結構な力でチカの後頭部にチョップをお見舞いしてしまった。

チカは眠たげな目で俺に一瞥《いちべつ》くれると、「ダセッ。セックスできないからってＤＶかよ」と吐き捨て、また俺に背を向けた。

ほどなくしてチカの寝息が聞こえてくる。

火がついてしまった性欲と、鼻を殴られた痛みのやり場のない俺は途方にくれた。

自分で性欲を処理しようにも、生憎備え付けのテレビにはアダルトビデオがなかった。

このまま部屋にいても悶々《もんもん》としてしまうだけだし、寝ているチカのオッパイを懲りずにソロリと触ってキレられるという展開も十分に予測できたので、俺は高松の夜の街でもブラついてみようとチカの財布から一万円札を一枚だけ抜き出して部屋を出た。

7

生ぬるい夏の夜風を浴びながら俺は高松の商店街をフラフラと歩いた。

さすがに人通りは少なくなっているが、酔っ払った観光客や地元の人たちもチラホラと歩いていて、十二時近いこの時間でも営業している店がかなりある。地方の商店街としてはたいしたものだろう。

　バッグに入れて持って来たレコーダーを取り出すと、俺はブツブツと自分の声を録音しながら商店街を歩いた。

「八月二日、晴れ。シナリオハンティングにわざわざ香川県までやって来たが取材もできず、チカにはセックスを拒否られ、途方に暮れて、疼《うず》く性欲を持て余しながら高松の街をさまよう……。風俗にでも入ろうかと悩むが一万円の持ち金をすべてそれに注ぎ込むのは少し気も引けて……」

　そんなことでも吹き込んでいると作家気分にでも浸れるかと思ったのだが、すぐに虚しくなってきてやめた。

　古臭い風俗店はいくつかあるが、一万円がなくなっていることがバレたときのことが怖いし、風俗に我が家のなけなしのお金を使っては何か罰でも当たるのではないかと思ってしまう自分の器量の小ささにため息をつきながら、映画やドラマのように美人でなくてもいいから（できれば無料でセックスに結びつくような）出会いでもないかと、いつものように百パーセントあり得ないことを思いながら歩いていると、ふと道の片隅にしゃがみ込んでいる女が一人、目に飛び込んできた。

近づいていくと、女はどうやら酔っているようで、ときおり「あ〜」とか「お〜」などと苦しそうにうめきながら、しゃがんでいるくせにフラフラしている。見た目は二十代半ばだろうか。

チラチラと横目でその女を見ながら通り過ぎると、ミニスカートの間からパンツが見えそうになっており、シャツの胸元も大きくはだけていた。完全に泥酔しているようだ。

飛んで火に入る夏の虫とはちょっと違うが、こんなこともあるのだなと思いながら俺は、とりあえずは素知らぬふりをして女の横を通過して、少し離れたところからしばらく様子を窺《うかが》った。

どこからかツレの人間がやって来る気配もなく、女はしゃがみ込んだまま相変わらず「あー」とか「うー」と言いながらゆれている。

様子を窺っていた俺は、その女にツレの人間はいないと判断して、ソロソロと近寄っていった。酔っているせいか顔立ちはよく分からないが、よほどのブスでなければこの際、顔などどうでもよかった。

「……どうしたの？」

　女のシャツの隙間から水色のブラジャーで覆われている乳房を覗き込んで訊いてみた。

「あ〜。うぇ……うぷ……」

　女は気持ち悪そうにしているだけで何も答えない。

「……気持ち悪いの？」

　お前の声のほうが気持ち悪いよと自分で突っ込みを入れたくなるような声で俺は女に訊きながら、地面に顔をこすりつけんばかりにして女のパンツを覗き込んだ。

「大丈夫……？　どっか行く？　休む？」

　と背中をさすってやりながら、大胆にも俺の手は少しずつ女の乳房に移動していく。やっていることは完全に犯罪だが、旅の恥はかき捨てというか、旅先での犯罪は無罪というか、相手が泥酔していることもあり俺の心は妙に大きくなっていた。

「うぷ……うぇ……」

「ほんとに大丈夫……？」

　やや小ぶりなその乳房はBカップくらいか。ブラジャーのせいで硬めのオッパイに感じるがそれがまたいいと言うか、久しぶりに若い女のオッパイを触っているということもあり俺はかなり興奮していた。そしてどこかこの近くにラブホテルでもあれば、この女を連れ込んでセックスしようと俺は決めた。そのためならあの一万は惜しくないと、大きなチャンスを目の前にしてしまうと俺は思うのだった。

「ねぇ、どっかで休もうよ。この辺、休めるとこある？」

俺は女のオッパイを揉《も》みつつ何とかその女を立たせようとした。

「家、近いの？　一人暮らしなら君んち行く？」

「あ〜。うぷ」

「とりあえず行こ。ね、行こうよぉ。ほら立って。よいしょ」

「どうしました？」

「え⁉」

ふいに背後から聞こえたその声に、俺は思わず女の体からサッと手を離すと女は膝から崩れ落ちてしまった。

「あ〜、あぶない、あぶない。だいぶ酔ってるねぇ。大丈夫？」

声をかけてきたのは自転車に乗って警ら中の四十代後半くらいのお巡りさんだった。

「ずいぶん酔ってるねぇ。だいぶ飲んだ？」

自転車から降りてきたお巡りさんは女を覗き込んで言った。柔道軽く二段ですというようながっしりとした体つきをしている。

「あ、いや……ええ、だいぶ酔ってるみたいで」

「知り合い？」

「え？」

「この人と知り合い？」

一見穏やかそうな表情に見えるお巡りさんだが、目の奥はまったく笑っていない。

「いえ……なんかそこで倒れてたんで……」

「どこ行こうとしてたの？」

「え？」

「今、この人とどっか行こうとしてたでしょ」

まずいことに俺は完全に怪しい人物と思われているようだ。

事実そうなのだが、不審者であることを証明するかのように俺はシドロモドロになってしまった。

「いや……なんか……あ、あぶないんでちょっと……」

「ちょっとなに？」

「…………」

「身分証、見せてくれる？」

「え？」

「身分証」

「いや……今、ないですけど。あの旅行中で……」

「旅行？」

「はい……」

「どっから来たの？」

「東京から……」

「あ〜、うぇ……」

完全に横になってしまった女は気持ち悪そうに何度も寝返りを打っている。

「ほら、お嬢ちゃんも起きて。こんなとこで寝てたらあぶないよ。そこの交番で休んで行こう」

お巡りさんは力強く女をかつぎあげた。

「あんた、その自転車、引いてきて」

「え……」

「ほら、早く。ちょっと話聞きたいから」

痴漢しているところは見られていないはずだと思いながらも、俺は体が凍りつくような気持ちで自転車を引きながらお巡りさんについて行った。


「非常識じゃないんですか！　こんな時間に！　留置しといて朝にでも呼び出せばいいでしょう！　こんな時間にあり得ないでしょ、こっちは小さい子供もいんのに！　あんたも何してんのよ、こんな時間に！　死ね！　お巡りさんも名前教えなさいよ！　抗議するから！」

深夜二時過ぎ、寝ているアキを抱っこして俺を迎えにやって来たチカは凄まじい剣幕で俺とお巡りさんのことを怒鳴りつけた。

「あの……落ち着いて……と言うかあの、本当にどうもすみません。こんな時間に。どうしても我々のほうも仕事でして……」

お巡りさんはチカのあまりの剣幕に、俺への態度とは（当たり前だが）打って変わってペコペコと頭を下げて謝ったが、そんなに謝るのなら俺のことなどさっさと解放してくれればよかったのだ。

俺が何者であるのか？　酔った女をどこに連れて行こうとしたのか？　そしてこんな深夜に何をしていたのかを根掘り葉掘り訊かれ、俺はシナリオライターであり今回こういう理由で家族旅行も兼ねて香川まで取材に来たが、取材しようと思っていた女子高生はすでに別の会社で映画化が決まっていて骨折り損だったことを話し、持ち物検査ではレコーダーに録音していた先ほどのあまりに恥ずかしい独り言まで聞かれた挙句、結局は身分を証明できないので、妻を呼び出せということになり、何度もチカの携帯電話に電話したが当然この時間では電話に出るわけがない。するとホテルに電話しなさいということになり、フロントの人に事情を話してわざわざこの時間に部屋まで行って強引にチカを起こしてもらったのだ。

「酔った女性を介抱しとったみたいなんですけど、あの、一応こちらも仕事なんで……ほんとにすみませんでした、夜中に。これ……」

名前を教えろと言われたからか、お巡りさんはえらく下手に出た言い方でチカに運転免許証を返した。

　チカはお巡りさんの手から免許証をひったくると、俺を置いてさっさと交番を出て行った。

「……もういいですよ」

　お巡りさんは気の毒そうに俺に言った。

「もういいですよじゃねーよ、どうしてくれんだよ!」と思いながらもそんなこと言えるわけもないので、俺は「すんません」と軽く頭を下げてチカを追った。

「……ね。ね、ごめん。ごめんね……」

　チカは無視してズンズンと歩いて行く。

「いやホントこっちは介抱してただけなのに不審者扱いされてさ。もう最悪だよ」

「…………」

「……あ、ね、アキ……抱っこするよ」

「いい」

「あの……ほんとごめんね。融通利かないんだもん、あのオマワリ」

「てゆーか何してたのあんた、こんな時間にフラフラ」

ようやく口を開いたチカは捲《まく》し立てるように言った。

「いやシナリオのネタ思いついたからさ、ちょっと頭の中でまとめようと思って散歩してただけだよ。そしたら、なんか女が道に倒れてたから……。こっちは助けただけだってのに……」

「何がシナリオよ。どうせセックスできなくて悶々としてたんでしょうが。ほらアキ抱っこしなさいよ、なにボケッとしてんのよ。こっちはホテルから交番に来るのだって抱っこして来てんだから」

チカはアキを俺に押し付けた。

「それでその女、どこいんのよ」

「交番の奥で爆睡してるよ。なんかすげぇブスでさ」

「そんなこと訊いてないから。どーでもいいからブスとか」

チカはずんずん近くのコンビニに入って行くと、ワンカップのコップ酒を買って出て来た。

これから凄まじい罵詈雑言の雨が降るのだろうと覚悟したが、チカはワンカップを一口飲むと、意外にも静かに言った。

「あ～あ、最低なこと思い出しちゃった」

「え……？　え、なに最低って……？」

「さっきあたしが迎えに行ったときのあんたの顔」

「顔……？」

チカが鬼の形相で交番に入って来たとき、笑って誤魔化すしかなかった俺はあやふやな笑顔を浮かべたはずだ。

「アキが生まれる何年か前、あたしに生理が来なくて、子供ができたかもしれないって言ったら、あんたこの世の終わりみたいな真っ暗な顔したでしょ」

「え……」

チカが何を言いたいのか俺はさっぱり分からない。

「それで何日かして、やっぱり生理来たって言ったら、あんたさっきみたいな情けない顔してニヤッとしたのよ、すごいホッとしたような感じで。それで『何だよ～。せっかく覚悟決めてたのに～』なんて言って。あのクソ醜い顔を思い出したんだよ」

何でこんなタイミングでそんなことを思い出してくれるのかと思うが、俺もそのときのことははっきりと覚えている。確かに俺は心底ホッとして、覚悟の「か」の字もなかったくせにそんなセリフを吐いた。だが男としてはそう言わざるを得ないだろう。

「あんたはいっつも中途半端なのよ。だいたい自分が映画辞める理由欲しくてアキのこと作ったんでしょ。分かってんだから」

「ちょ……ちょっと何で今そんな話……」

「だからさっきのお前の醜い顔見て思い出したんだよ」

「いやでも……子供欲しいって言ったのチカじゃん……」

「別にあんたの子供じゃなくてもよかったから。別れてくれつったらあんたが子供作ろうって言い出したんでしょうが」

確かに俺が子供を作る決心をしたのは、映画に見切りをつけたいがためだった。今もないが、その頃も仕事がほとんどなかった俺は映画を諦めるために周囲に恥ずかしくない理由が欲しかった。ありがちではあるが人に笑われない理由としては、子供しかないと思ったのだ。

それにずっと子供が欲しいと言っていたチカが、その頃は子供が欲しいとあまり言わなくなった。これはもしかしたら俺と別れることを考えているのだろうかと急に不安になり、別れたら自分はどうなるのだろうかと考えると、ホームレス一直線であることにぞっとして、それでもあくまでチカが子供を欲しいと言っていたから作るんだよと、ここまで来ても子供を作る最後の責任はチカにあることにしておきたくて、「やっぱりチカも欲しいって言ってたし、子供、作ってみる?」というような言い方をしたのだ。

それを聞いたチカはしばらく黙っていたが、「別れてほしい」と言った。俺のことは嫌いではないが、一緒に子供を育てて家庭を築き上げていくビジョンがあなたとは見えないと言った。

チカが俺と別れたいと言っている原因がそれだけではないだろうということは容易に想像がついた。

チカはその頃、とあるプロレス団体で営業の仕事をしていたのだが、おそらくレスラーといい関係になったのだろうと俺は考えた。

チカは大学卒業後に勤めた映画の配給会社を辞めたあと、いくつか仕事を転々としていたが、好きな映像系の仕事に復帰しそうになったときもあり、そうすると再び売れっ子の監督やらライターと出会うきっかけが激増するので、あの嫉妬に狂う毎日は二度とごめんだと思っていた俺は、あの薄給で激務の毎日がまた始まるなんてとんでもないとネガティブキャンペーンを張り巡らせて猛反対した。

　プロレス団体で働く直前も、チカはかつての同僚から配給会社に戻って来ないかと誘われていたのだが、俺が愛読しているプロレス雑誌でたまたま見つけたプロレス団体営業職募集の記事を見せて、是非ここで働いてみたらどうかと、プロレスがいかに面白いか、素晴らしいかを熱弁しながら持ち掛けたのだ。ノルマもなしと書いてあったので、そんな営業ならば時間にも融通が利くだろうとも思った。

　チカはプロレスにはまったく興味はなかったのだが、生来の旺盛な好奇心が働いたのか「やってみようかな」と言うので、俺が課題の作文を書いてやり、なかなかの競争率を突破して見事に合格した。

　だがチカをプロレス団体に送り込んだことはすぐに大誤算だったということが分かる。

　最初は営業助手のような感じだったのだが、徐々にどっぷりと営業やらイベントの企画運営の仕事に関わっていき、そのうちチカはすっかりプロレスの魅力にはまった（俺からすればチカはプロレスの魅力を理解したとは言えないが、ここでは俺のプロレス論はひとまず置いておく）。

もともと人見知りもまったくしない性格だから飛び込み営業も平気でこなし、すぐに社内でもっともチケットを売りさばく人間になった。

そうなってくると、営業と称して所属レスラーとそのタニマチのような連中との酒宴も多くなり、おのずと帰りも遅くなる。レスラーたちともあっと言う間に仲良くなっていった。

チカは俺が喜ぶと思い、レスラーたちとの飲み会に俺のことを呼んでくれたことがあったのだが、俺はまったく楽しくなかった。

レスラーたちは当たり前だがみんな体が大きく自信に満ち溢れている。なのに俺ときたら体はモヤシでおまけにほとんど無職である。そのうえ、チカがあまりにレスラーたちと仲良くなっており、その姿を見るのが辛かった。

酒が大好きで下ネタもどんと来いで、少々デブだが巨乳で聞き上手なチカはそこそこ男からもてる。はっきり言って肉欲のかたまりであるレスラーたちにとっては恰好の餌食《えじき》にしか見えなかった。

その飲み会に連れて行ってもらった日から、俺はチカの働くプロレス団体が大嫌いになり、対極のスタイルにある別の団体をチカの前で褒めちぎり、チカの団体を貶《けな》しまくったおかげでチカとの関係がギクシャクし始めた。

　そのうちチカは地方巡業にもついて回るようになり、そんなとき家で留守番している俺は眠ることができなかった。地方のホテルでレスラーたちと酒池肉林の宴を繰り広げている様子ばかりが脳裏に浮かび、それをネタにオナニーばかりしていた。そしてオナニーが終わると、チカの勤める団体のレスラーたちの誹謗中傷をネットに書き込んでいた。

　チカから別れを切り出されたのが、まさにそんな日々を過ごしていた頃だったこともあり、俺はチカとレスラーの誰かが完全にデキたと思ったのだ。

　別れてと言われて、俺はとにかく泣きついた。

「イヤだイヤだイヤだ！　別れたくない、別れたくない、別れたくない、チカと別れたくないよー!!」とすがって泣きついた。

「もうイヤなのよ。クタクタになるの、あんたといると。すごくみじめな気持ちになるの。毎日毎日あたしの働く会社の悪口言ってるけど、そこからもらってるお金で暮らしてんでしょ」

「もう言わない。もう言わないよ。ごめんよ、俺、嫉妬してた！　つまらない男だったよ！　チカが毎晩遅いし、巡業に行けば電話もくれないから気が狂いそうだったんだよ！　でももう絶対にそんなこと言わないから別れたくないよー!!」

我ながらこの芝居臭さは何なんだと思わないこともなかったが、ここで捨てられたら本当にホームレス生活が待っているかと思うと俺は必死だったし、涙も自然に出てくれた。一人になるのも嫌だった。

「理由はそれだけじゃないんだよ。言ったでしょ。一緒に子供を育てて家庭を築き上げていくビジョンがあんたとは見えないの」

「じゃあさ、もう映画は諦める。諦めるよ。頑張ってきたけどさ、もう諦めようと思ってたし、映画よりもチカと子供と三人で暮らしていきたいよー！」とさらに泣いてすがった。

泣いてすがりながら、何となくではあるが、俺はきっと映画から足を洗うことはできないだろうなと自覚した。映画が好きというよりも、たぶんそこにしか生きる道はないのだろうと思った。だがこの状況でそれは言えないからただただ泣きすがっていた。

チカはしばらく黙っていたが、「考えさせて」と一言だけ言った。

もしかしたら、まだレスラーに言い寄られている段階で、はっきりと返事をしたわけではないのかもしれない。ここでこれ以上泣きついて深追いしては逆効果になると思い、俺は殊勝な態度で数日黙って待つしかなかった。

数日後、出勤するチカを見送りに玄関に出たとき、チカが俺の顔を見て言った。

「あたしも覚悟を決めるからあんたも本当に覚悟してよね」

「え……」

「え、じゃないよ。覚悟してよ」

「わ、別れないってこと？」

「だから覚悟してよ。子供作って映画諦めるんでしょ。働きなさいよ」

急場をしのげた俺は心底ホッとして、チカの言葉に犬のように何度も何度も頷いた。

頷きながら、子供ができてしまえばそう簡単には離婚もできないだろうと考えていた。

頷き連打の俺を見ながらチカはため息をつき、「あたしって、多分バカなんだろうね」と苦笑した。

俺は「そうかもしれない」と思いながらも、「チカを本当のバカにしてはいけない」と思って、「チカをバカにはしないよ。絶対絶対絶対絶対」と媚売りまくりのつぶらな瞳を作って甘えた口調で「絶対」を連呼した。

そして明るく「行ってらっしゃい！」と言ってチカを送り出した。

別れないと決まり、俺は数日ぶりに晴れ晴れとした気持ちを味わった。

近所の寿司屋でちょっと値段の張るランチの握りをつまみながら、待てよ、もしかしたらチカがレスラーに言い寄られていたのではなく、チカのほうがレスラーにモーションをかけていたのだが振られてしまったのではないかと考えた。

どんなレスラーでも女性ファンというのはそれなりについているものだ。中にはいい女もいるだろう。チカがそこを勝ち抜いてレスラーをゲットできるとは冷静に考えてあり得ないような気がして、寿司を食いながら、「クソバカ女がッ！」と見下したように笑ったものだ。


「結局あんたはアキが生まれても何一つ変わらなかったけどね。自分のことが一番大切な甘ったれ野郎のままで」

ワンカップをあおりながらチカは続ける。

アキが生まれたあとも予定通り何となくダラダラと映画業界の片隅に身を置き続け

ていた俺は、何の変化もないまま今に至っている。「あたしって、多分バカなんだろうね」と言ったチカの言葉を現在進行形で証明しつつあった。

「あーあ、ほんとバカだったわ、あたし。どうしてあのとき別れなかったんだろ」

クソッ！　オメェはどうせレスラーに振られたんだろうが。セックスさせるだけさせて振り向いてもらえなかったんだろうが！　と怒鳴りつけたい気持ちを俺はグッと押し殺して、

「で、で、でもほら、チカが育休中のときは、俺パートに出たじゃん」

「はぁ？　当たり前でしょ、そんなの。あたし、少しでも助かるから続けてって言ったのに、あんたよく分かんない理由で辞めちゃったじゃん」

「いやまぁ……いろいろ人間関係が……」

その人間関係というのは不倫相手のおばはんと面倒くさいことになってしまったことだった。

「はぁ？　なに人間関係って。どこに行ってもそんなのあるから」

「そりゃそうだけど……あ、でもほら！　『八日村の祟り』は映画になるからさ！　そ、そうすりゃ少しは仕事につながっていくかもしれないだろ」

「だからどもるなつってんの、わざとらしい。そういう卑屈な演技バレバレなんだよ。今まで何度、そんなこと言ってきた？　実現なんかしないよ。いいかげん気づけ。な。どこまでぬるいんだよ」

「…………」

「あ〜あ、ほんとあのとき別れとけばよかった。気づいてたのにな、あんたが雑魚《ざこ》だって」

我慢の限界にきていた俺は、雑魚という言葉にカチンときてしまい、「雑魚と一緒にいることを選んだお前も雑魚だろ」と言い返してしまった。

「そうだよ、あたしも雑魚だよ。あんたほどじゃないけどね。あんたは、クズに近い雑魚だから」

「おい……アキの前でそういう言い方やめろって言っただろ。だいたいお前が雑魚雑魚言うからホントにそうなってんだよ」

「フン。人のせいにしないでくれる。もともとが才能ない雑魚だからって。だいたいアキ寝てんだろうが」

「お前、今、自分がどんな声でどんな酷《ひど》いこと言ってるか録音してやろうか」

かなり腹が立ってきていた俺はレコーダーをチカの顔の前に突き出した。

「録れば。そんなの録ってどうすんの？　取材もろくにできないくせに。だいたい今どきそんなテープレコーダー使ってるライターなんていないよ。さすが雑魚だわ」

「こ、こりゅ、お前のレコーダーだろ！」

俺は怒りで口がうまく回らず言葉を噛んでしまった。

「なに噛んでんの？　ダサッ。さすが雑魚だわ」

チカの顔面に力の限りを込めてパンチをお見舞いしてやりたい衝動を俺は必死に抑えた。

「お前さ、カラむのもいいかげんにしろよ。こっちに来てからずっと不機嫌じゃねーかよ」

「こっちに来てからじゃねーよ。お前といるからずっと不機嫌なんだよ。生活費も稼げないくせに屁理屈ばっかこねくり回して食い意地だけ張りやがって。だいたいお前なんか、ほんとは書きたいものなんて何もなくて、ただ世に出たい、人に認められたいだけだろうが。だから周りと差つけられんだよ」

その言葉に、俺は思わず蹴りが出てしまった。アキを抱っこしているので手が使えず、足が出てしまったのだ。

だが運良く（あえて運が良かったと言うが）その蹴りははずれた。

「なに？　蹴り？　あ、そういえばさっきもチョップしたよね。手が使えなかったら蹴り？　あー、怖い。そのうちもっと激しいDVやり出すんだよ、おめえみたいな雑魚は」

「お、おみゃえなんか」

「だから噛むなっつーの。だっせーな」

「お前なんかどうせプロレスラーに振られて俺といるんだろうが。セックスさせまくって付き合ってもらえなかったんだろうが！」

とうとう俺は禁断の言葉を吐いてしまった。

チカは二重瞼を一重にして、目を細長くして俺をジトッと見つめた。

「はぁ？　何それ」

心底俺を軽蔑したかのような冷たい声でチカは言った。

「わ……分かってんだよ、お前がレスラーとやりまくってたのは」

「あー、ダサッ！　ほんっとダサいわお前！　くそダサい！　宇宙一ダサいっ！　あたし、どっかで一杯飲んでくから。もう一緒にいたくない。顔も見たくない。マジ死んでほしい！　あと、お金返しなさいよ。財布から一万抜いたでしょ、分かってんだから」

　チカはそう吐き捨てると、俺から一万円をひったくって近くにある二十四時間営業のファミレスに入って行った。

　そんなチカの背中を呆然と見送りながら、俺が今、包丁を所持していれば、間違いなくチカの背中をメッタ刺しにしているだろうと考えていた。

8

「ねぇ、パパ起きてよー。パパー」

　翌日、アキにゆすられて俺は目が覚めた。

「ママ、いないよー」

「ん……。今、何時？」

「知らない。ねぇママは？」

「んー。ちょっと待って……」

眠い目をこすりながらトイレに立つと、時計はすでに十時を回っている。昨夜、ホテルに戻って来たのが三時くらいだったはずだが怒りでなかなか寝付けず、五時くらいまでは起きていたがその後の記憶はない。

トイレから出ると、机の上にチカからの置き手紙と現金三千円が置いてあった。

『あんたのおかげでクソ寝不足のクソ最悪な状態で由美に会って来ます。気持ちも体調も本当にクソ最低のクソ最悪。あんたは来なくていい。帰りは遅くなる。顔見たくないし口も利きたくないから寝てろ。アキの世話を一日だけやってください。冷たいものばかり食べさせないでください。そう言ってもアイス与えてれば楽だからあんたはやるだろうけど』

怒りで筆圧が強くなっている。

「ねぇ、パパー。ママに電話していい？」

アキが携帯電話をいじりながら持って来た。

「うーん……。なんか今日、ママは用事があるみたいだからパパと海に行こうか……

ケータイいじっちゃダメだよ」

「島？　島の海？　お船!?」

アキはこの旅の出発前からフェリーに乗ることをずっと楽しみにしていた。

「島じゃなくてもいいんじゃない？」

「島行くの。お船乗るの！」

「パパ、お船、気持ち悪くなるん……あー!!　ダメだよ！　電話かけたら！」

アキはスマホをいじっている間にどこかに電話をかけてしまっていた。

発信画面には『アズマさん』とある。

「え、アズマさん!?　もう！　ケータイいじっちゃダメって言ったでしょ！」

俺が怒鳴りつけると、アキは泣き出した。

アズマさんとは、四年前、チカの育休中に俺がアルバイトに出たスーパーの同僚で、不倫相手でもあった例のセックスの話大好きなブスのおばはんだ。

身長百七十五センチ、推定体重八十五キロ、推定年齢四十五歳の、チカより一回り大きな主婦で、顔は雨上がり決死隊の蛍原《ほとはら》によく似ていた。

アズマさんはいつも少々きつめの口臭を撒き散らしていた。旦那とのセックスレス話ばかりしていた。しかも求めてくる旦那がかなりウザいという内容のものだ。その後、どうやら俺を口説いているような節があり、正直言って見た目的にはかなりきついものがあったが、その頃からチカにはあまりさせてもらえなかったし、チカだってプロレスラーとやったんだし（という俺の思い込みだが）、蛍原とはいえチカ以外の女とセックスできるチャンスなんてそうそうないので、飲み会の場で散々下ネタで盛り上がった帰り道、「ねぇ、ホテル行こうよぉ」と俺から誘ってセックスした。

初めてその体を抱いたときはあまりの分厚さに驚いたものだが、セックス自体はとてもよくて（顔がせめて宮迫レベルならもっとよかったのだが）、俺たちは頻繁にホテルに行くようになった。口で息をしながらセックスする技術も意味なくあがった。

そうするとアズマさんは職場の休憩室やトイレでも俺を求めてくるようになり、最初のうちは俺も口臭に辟易しながらも恋愛初期症状的な状況に燃え上がっていたのだが、そのうちアズマさんは品出しなどしている勤務中にも俺の下半身をまさぐってきたりキスしてきたりするようになり、俺が少しでも拒んだような態度を見せると恐ろしく不機嫌になるうえ、生での中出しや、駅からあとをつけて人気《ひとけ》のない駐車場でレイプしてくれというような高度なセックスを求めてくるようになり、俺は何となく怖くなってフェイドアウトするようにそのバイトを辞めたのだ。

「もう絶対さわっちゃダメだよ、ケータイは！」

よりにもよってアズマさんに電話しなくてもいいだろうにと、俺は腹立ちまぎれにもう一度アキを怒鳴りつけたが、今でもアズマさんとの爛れたセックスを思い出しながらオナニーする日もあるにはあるのだった。


高松駅前のフェリー乗り場から出ているフェリーに乗って、俺とアキは小豆島に出かけた。

正直、小豆島まで行くのはかなり面倒くさかったが、きっとあとでチカはアキに今日一日何をしていたかを訊くだろうから、そのときアキが楽しみにしていたフェリーにも乗らず、近場の海や駅付近をウロウロしていただけだったと分かると、「やっぱりね。あんたは常に手抜きなんだよ」などと言い出すに決まっているし、由美ちゃんちが小豆島だから途中でもしかして何かの拍子にチカの機嫌が直り、由美ちゃんちに来いなどと言われたときに小豆島にいなかったら事だ。

だから俺は百キロくらいの重りがついたかのように重い腰を何とかあげたのだ。

フェリーの船内は広くて、雑魚寝のできる広間のようなところでは地元の女子中高生らがジャージ姿でじゃがりこを食べたりしている。

初めて乗る大きな船にアキは興奮して甲板から客席から船内をくまなく走り回った。

「ねぇ、パパ見てー！　海だよ！　すごいよ！　落ちるよ！」

甲板の手すりから身を乗り出さんばかりにしてアキが言った。

「うーん……あぶないから走っちゃダメだよ」

寝不足のため俺は甲板のベンチでウツラウツラしていた。

フェリーは三十分ほどで小豆島に到着した。だが着いたはいいが、何の計画も立てずに来たので海水浴場がどこにあるのかよく分からない。

何となく島中がビーチのようなものだろうと想像していた俺は、小豆島に着けば目の前がビーチなのだろうくらいに思っていたが、意外と普通の田舎町といった感じだ。

とりあえず、港に隣接している観光案内所のようなところで地図をもらい、割と近そうで何となく名前からも海外の美しいビーチを想像させるオリーブビーチという海水浴場に行くことにした。

案内所にいた年輩の男の人に訊くと、オリーブビーチまではだいたい車で十分くらいらしいのだが、次のバスまで一時間以上もある。

自転車で行くとどのくらいかかりますかと訊くと、「行ったことないけど多分三十分くらいかな」と言う。

「途中に坂道もあるけど、俺なんかだったらまぁ歩いても行っちゃおうと思えば行っちゃうかなぁ。行かないけど」とよく分からないが、その言い草から歩いてでも行けそうな距離なのかなと思い、東京ではだいたいどこへ行くのも自転車で行っているし、島を自転車で風を切りながら走るのも気持ち良さそうだし、すすめられたレンタサイクルで行くことにした。

子供を乗せられる自転車がなかったので普通のママチャリを借りて前のカゴにアキを押し込んだ。これがどこか都会の観光地ならば子供をカゴに押し込むことなど注意されるだろうが（下手すりゃ虐待と思われかねない）、ここのレンタサイクルの係りの人は大らかに笑っていた。

苦手な地図と睨めっこしながらのサイクリングは少々不安だったが、道はそんなに複雑ではなく、のどかな田舎道を軽快に走った。

だが十分も走ると、坂道と言うにはあまりにも無理のある普通の「山」が待ちかまえていた。

気温は三十度を優に超えているものと思われる猛烈な暑さと蟬時雨《せみしぐれ》の中、つゆだくの牛丼のようにTシャツを汗でビショビショに濡らしながら俺はひたすらその山を登り続け、「どこが三十分だよ、バカッ！」と観光案内所のおじさんに心の中で毒づいた。

「ねぇ、いつ着くの〜」とカゴで文句を言っていたアキもこの暑さのせいでいつの間にか口数が少なくなっている。

行けども行けども登りが終わる気配は見えてこず、もう諦めてこの坂道を駆け下りて、一時間でも二時間でもバスを待ったほうがマシだと引き返そうとしたとき、俺たちを追い抜いて行った軽トラがバックしてきた。

「どこ行くの？　旅行の人？」

軽トラの助手席に乗っている中年のおばさんが言った。運転席には旦那さんだろうか同じくらいの歳の人がいる。二人ともよく日に焼けており、麦藁《むぎわら》帽子をかぶって首に手拭《てぬぐ》いを巻いている。きっと地元の農家の人だろう。

「あの、オリーブビーチに行きたいんですけど……」

「オリーブビーチ⁉　自転車じゃきついよ」

今度は運転席の男の人が言った。

「よくここまで来たねぇ。送ったげるから荷台でよかったら乗りなさいよ」

女の人のその言葉に、俺は一瞬涙が出そうになってしまった。

これが旅だ。旅の素晴らしさだ。

この世のものとは思えないほどの美しい景色を目にしようとも、どんなに神秘的な遺跡を目にしようとも、今のこの二人のちょっとした親切のほうがはるかに感動するだろう。そういったことに気づかせてくれるのが旅なんだなぁ。そしてそういったことに気づけてしまう俺もまだまだ捨てたものじゃないのかもなぁなどと思いながら、俺とアキは荷台で涼しい風に吹かれ、生き返ったような気持ちになっていた。


お二人に心の底から「本当にありがとうございます。助かりました」と感謝の言葉を伝え、俺とアキはようやくオリーブビーチにたどり着くことができた。

大勢の海水浴客で賑《にぎ》わうそのビーチは、俺の想像していた透き通る水に白い砂浜というテレビでよく見る南国のようなビーチではなかったのでややテンションが下がったが、海と反対側には広大なオリーブ畑の丘陵が広がっていて、不朽の名作映画『オリーブの林をぬけて』のオリーブ畑には遠く及ばないにしても、なかなか壮観な景色だった。

アキは大喜びで浮輪と一緒に海に突っ込んで行った。

俺も海は嫌いではないので、最初のうちはアキの浮輪を引いてやりながらポカンと泳いでいたのだが、どうにも昨日の寝不足と旅の疲れが出てしまい、アキを波打ち際で遊ばせて浜で一休みすることにした。

「パパ、見てー！」

アキは砂で山を作っては波に壊されているが、そんなものよりも俺は若い女性のビキニ姿ばかりに目がいき、今後の人生でこういう若い女性とセックスする機会はあるのだろうかと夢想しながら眺めていると、やはり寝不足から何度かウツラウツラしてしまい、ハッと目覚めては「アキ⁉」と慌てて周囲を見渡すことを繰り返す始末だった。

その都度、良い子のアキはちゃんと波打ち際で遊んでいたのだが、五度目くらいのウツラウツラからハッと目覚めての「アキ⁉」でとうとうアキが俺の視界から消えた。

「アキッ⁉　アキッ！」

一瞬にして眠気が吹っ飛び、背中に戦慄《せんりつ》が走った。と思ったらアキはその背中の真後ろで、グビグビとペットボトルのお茶を飲んでいた。

「なに？」

飲み終わったアキがきょとんとしたような表情で言った。

「あ、あんまり遠くに行っちゃダメだよ」

「行かないよ。あそこでお山作ってるもん」

アキはまた波打ち際に駆け出して行った。

眠気が完全に醒めた俺は、仕方ないアキの相手でもしてやるか、と歩きかけたときスマホが鳴った。

見ると着信画面には『アズマさん』と出ている。

その瞬間、俺の心臓はまるで好きな人から初めて電話をもらったときのようにドキーン！　とした。

出ようか出まいか一瞬迷ったが、俺は電話に出た。と言うか出てしまった。

「あ、も、もしもし……。あ、久しぶり……。え？　あ、うん。すいません何か……。うん、子供が間違えてかけちゃったみたいで……。え？　あ、うん消してなかったからアズマさんの番号。て言うか……消す必要ないじゃん。……えー、別に逃げたわけじゃないよ。なんか……あんまりシフトも入れなくなっちゃったし……あ、でも俺、辞めたあとも何度か行ったんだよ店に。アズマさんいるかなーと思って……。いや、ほんとほんと！　えー、ほんとだって！　あ、まだやってるんだ！　え、みんないるの？　磯崎さん？　覚えてないなー。あー、あの前歯が銀歯の。へー、え、金歯に変えたんだ……あんまり意味ないよねそれ。へー……なんか懐かしいなぁ。……え？　いや俺も……会いたい……かなぁって……えー、ホントだよ！　マジマジ！　え……会っちゃ……う？　いいけど……いいの？　いやでも何か緊張するな～～。三年ぶり？　え、明日？　はいないんだよね東京に。明後日《あさって》まで。うん。仕事……。水曜？　はいいけど……うん。え、どこで待ち合わせる？　シフト入ってんの？　え、じゃあ俺、駐輪場で待ってるよ。えー、いつもそうだったっけ？　じゃ、そのあともいつも通りな感じでいっちゃう？　はっきり言って俺、もう話しながらビンビンだよ。つーか第一我慢汁発射しまくりだもん。マジでマジで。何ならイキそうだし。アズマさんのせいだからね、これ。めっちゃ責任取らせるから。あ、そうなんだ。うん、じゃ水曜に。じゃーねー」

アズマさんが出かける予定があるというので電話を切ったが、四年のブランクを感じさせない会話に我ながら恐れ入ったというか、アズマさんも相変わらず電話の向こうから性の匂いをプンプンと撒《ま》き散らしてきて、久しぶりにあの大きな肉のかたまりのような体を貪《むさぼ》ることができるチャンスかと思うと、俺の口もかなり滑らかだったのかもしれない。

電話をしながらすっかり勃起してしまった股間を押さえつけていると、ふとアキが先ほどの波打ち際にいないことに気がついた。

「アキ？　アキッ‼」

一瞬にして股間がシュッとしぼみ、再び背中に戦慄が走った。

「アキッ！」

いったいどのくらいの時間、俺は電話していたのか分からないが、アキの姿はどこにもない。

「アキッ‼」

俺はテンパった。もしアキが遺体で発見されるなどということになれば、俺はどうなってしまうのか。そうなったらチカはどんなに怒り狂うだろうか。もちろん怒り狂うなどというレベルではすまないだろう。一生俺のことを許しはしないだろうし、離婚は必至だろう。そして俺の両親やチカの両親はどう思うだろうか。保育園の先生は？　俺やチカの友人や知り合いたちは何と思うだろうか。世間は目を離した俺を責めたてるだろう。しかも浮気相手との電話が理由だ。

瞬時にして様々な思いが脳裏をかけめぐりながら、俺はとにかくいろんな意味で怖かった。

「アキーッ‼」

ほとんど泣きそうになりながらわめくと、本当の泣き声で「パパー！」とアキの声が聞こえた。

声のしたほうを振り返ると、アキが若い監視員のお兄さんに手を引かれて向こうからやって来る。

「アキッ‼」

アキの姿を見ると俺は一気に体の力が抜け、心底胸をなでおろした。

小学生の頃、両親が交通事故で死んだ夢を見たことがあるが、それで目覚めたときと同じくらいホッとした。

「お父さんですか？」

真っ黒なサングラスをかけて、こんがりと日焼けした筋骨隆々の若い監視員のお兄さんが言った。

「あ、はい」

「お子さんからは絶対に目、離さないようにお願いします。本当にあぶないので」

「すみません……」

「海なのでね、ここ。本当にお子さんの事故が多いですから」

「すみません……」

「最近、そういう親の人多いですから。すぐ目ぇ離しちゃう」

「すみません……」

「海はほんと危険なので」

「…………」

何だこいつは。海が危険なことくらい分かってんだよ。大学生くらいの若僧が大人に説教してんじゃねぇと、説教されて当然のことをしておきながらも俺は内心少しムカッとしていた。

こっちはとにかく人生で一番なくらいホッとしている瞬間なのだ。そんなときに説教など聞きたくもない。だがモンスターペアレンツのようにここで逆ギレする度胸も非常識さも俺は持ち合わせていないからとにかく平身低頭で謝った。

「どっか行っちゃダメって言ったでしょ！」

お兄さんが行ってしまうと、俺は目を離した自分のことは棚に上げて、これだけ心配させたことと説教されて恥をかかされた腹いせに、アキを怒鳴りつけてしまった。

アキだって迷子になって一人で怖かっただろうに俺に怒鳴りつけられて、目にたっぷり涙を浮かべながら「ごめんなさい」と言った。

「悪かったのはパパだよ」とは今さら言えないが、そんなアキがかわいそうになり、罪滅ぼしにかき氷を買ってやることにした。

せっかくシロップかけ放題のかき氷なのに、かたくなにブルーハワイしかかけないアキにまた少しだけ怒りそうになりながら、荷物を置いた場所に戻ると、直射日光でやけるように熱くなったスマホにチカから着信とメールがあった。

『今どこにいんの？　由美が久しぶりにあんたにも会いたいんだと。あたしはぜんぜん会いたくないけどどこにいるか連絡ください』

やはり小豆島に来て正解だったと自分のカンの鋭さを褒めると同時に、やっぱり由美ちゃんは俺にも会いたいんじゃないかと勝ち誇ったような気持ちにもなりながら、俺はチカに電話をかけた。

「あ、もしもし俺だけど、電話した？」

「何が電話した？　よ。わざとらしい。メール読んだでしょ。今どこだっつーの。ギャハハハ」

何か楽しい話でもしていたのか、チカは笑いながら最近では聞いたこともないような上機嫌の声で電話に出た。由美ちゃんもチカと同じくらい酒豪だから酒もずいぶんと進んでいるのだろう。チカの言葉遣いが酔っているときのものになっている。

「今？　今、海だよ」

「海だけじゃ分かんねーだろ、どこの海よ。日本海なのか太平洋なのか、もしくはオホーツクか」

「えっと、瀬戸内海」

「だから瀬戸内海は分かってんの。瀬戸内海のどこにいんのよ？」

「小豆島だよ」

「もういいや。話にならん。由美に代わる」

何が話にならないのかさっぱり分からないが、電話は由美ちゃんに代わった。

「どうもー！　お久しぶりです、豪さん！」

「あ、久しぶり。元気そうだねぇ」

「元気ですよぉ。ねぇ、こっち来ません？　今、どこですかー？」

「えーっとね、オリーブビーチってとこ」

「えー！　オリーブビーチぃ⁉　バスで行ったんですか？」

「いや、自転車。レンタサイクル」

「レンタサイクルゥ⁉　あり得ない。頑張りましたねー。えー、会いたいなぁ」

「由美ちゃんち遠いの？　こっから」

「自転車じゃ無理かなぁ。尾崎放哉《おざきほうさい》記念館の近くなんですけど」

「尾崎放哉？」

尾崎放哉といえば俺と同じ鳥取出身の俳人のはずだが、なぜにこんなところに記念館などあるのだろうか。

「豪さん、タクシーで来てくださいよぉ。お金出しますから。フェリー乗り場まで戻れば車でそんなにかかんないですから。久しぶりに会いましょうよぉ。てか、チカからいろいろ聞いたけど相変わらず過ぎます！」
「由美！　いいから無理に呼ばなくて！　調子こくから！」
電話の向こうからチカの大きな声が聞こえた。
「うるさい。チカ迎えに来るついでに来てくださいよ。私の前で仲直りしてくださ
い！」
「うん。じゃあ行けそうなら電話するよ」
「絶対来てくださいよぉ！」
「うん、なるべくね」
などと言って俺は電話を切ったが、何とかして由美ちゃんちに行こうと心では決め
ていた。
行くのは少々面倒くさいが、行けばこれまでの旅行のことを何となく笑い話にして
由美ちゃんに聞かせながらチカとなし崩しに仲直りできるはずだし、行かなければ由
美ちゃんの期待を裏切ることになり、それはそれでまたチカを不機嫌にさせる可能性
もある。
問題はどうやってフェリー乗り場まで戻るかだ。来るときは山の途中で軽トラに乗

せてもらったからいいが、山を登ったぶん、下ったので、これからまたその下ったぶんを自転車で登るのは死んでも嫌だ。

　残金千いくらの持ち金では絶対に目的地までの料金に足りないだろうと思ったが、由美ちゃんがお金を出すと言っていたし、行ってしまえば由美ちゃんに本当に払わすまでもなくチカが出すだろう。

　俺は自転車を積み込んでもらうことも考えて、海の家の従業員にジャンボタクシーをビーチまで呼んでもらうことにした。

　三十分ほど待ってやって来たジャンボタクシーの運転手さんは、自転車を見てかなり迷惑そうな顔をしたが、渋々、積み込むことを許してくれた。

「尾崎放哉記念館て分かります？」

「分かりますけど」

　当たり前のことを訊き過ぎてしまった俺も悪いが、運転手さんも、何もそんなに不機嫌そうな声で答えなくてもいいだろと突っ込みたくなるような声で答えた。

「あの……どのくらいかかります？」

「何が」

「そこまで」

「そこって？」

「尾崎放哉……」

「すぐだよ」

運転手さんは投げやりに言った。

タクシーに乗りチカに電話をしてとりあえず三十分後くらいに尾崎放哉記念館に着くから迎えに来てくれと頼むと、今度はアキが「ねぇ、おしっこ」と言い出した。

「ええ、何で。何で車に乗る前に言わないの」

「だって今したくなったんだもん」

どこでもいいから停めてくれと言えないところが、海で目を離したことと同じくらい親として失格だとは思うが、運転手さんは不機嫌だし、アキは少しでも尿意をもよおすとすぐに「おしっこ」と言い出すことも経験上分かっているからここは我慢させた。

案の定、海水浴と日焼けで疲れていたのかアキは少しだけ文句を言うと、おしっこのことなどすぐに忘れて寝てしまった。

「お客さん、着いたよ」

「え……」

いつの間にか俺も寝ており、タクシーは瞬間移動でもしたかのようにすでに尾崎放哉記念館の前で停まっていた。

見たところ、チカの姿も由美ちゃんの姿もどこにもない。

「あの……すいません。迎えの者がお金を持って来るんで少し待ってもらってもいいですか？」

「ええっ！」

運転手さんはさらに不機嫌さを露にして、舌打ちした。

「どのくらいかかるの？」

「近いんで五分か十分くらいだと思うんですけど」

「じゃ、そこまで行くよ」

「いや、あの……場所が分からないんです」

「はぁ？　何それ」

「すいません……」

謝ると、今度は大きなため息をつきやがった。

客が俺でなければこの運転手さんは殴られているのではないかと思うが、自転車を積んでもらった以上、こちらも大きな態度をとれない。

「ねぇ、おしっこ」

目覚めたアキがまた言い出す。

「もう少しだから。もう少し待てる？」

「待てない。もう本当に待てない」

アキはブルンブルンと首を振る。たぶん今度は本当に待てないのだろう。

限界まで達するとアキに限らず子供はどこでも平気で漏らしてしまうから、俺は運転手さんに頼んで車を降りることにした。

「すいません、ちょっと子供がトイレに行きたがってるんで、そこの記念館で借りてきます。あの、荷物置いて行きますんで。すぐ戻るんで」

運転手さんは返事もしなかったが、俺は勝手に車を降りて、目の前の尾崎放哉記念館に飛び込んだ。

「すいません、あの、トイレ借りてもいいですか？」

「え……入館料払ってもらわないと入れないんですけど……。あ、でもどうぞ」

係りの人はアキののっぴきならない顔を見て事態を察したのか親切に入れてくれた。チカがいないとアキはまだ俺と一緒に男子トイレに入るのだが、こういうときに限って男子の個室が埋まっている。他人のウンコのあとにアキを入れるのは嫌だから女子トイレに行かせることにした。

「パパも来て！」

「ダメだよ、パパ、男だから入れないよ。一人で行きなさい。おバケいないから」

いくら子供の付き添いだからと言ってもさすがに女子トイレに入る勇気はないのでアキを一人で放り込んだ。

「ふぅ……」

ようやく一息ついて、俺は少し館内をフラフラとした。

詩や俳句にはまったく興味ないが、尾崎放哉の俳句は小学生の頃にいくつか暗記させられたことがある。自分たちの住んでいる鳥取県から出た偉人ということで、句集の中から気に入った句をいくつか選んで暗記させられたのだ。

覚えているものと言えば『すばらしい乳房だ蚊が居る』という句だけである。

小学生の俺にはこの句は妙に刺激的だった。とても大きなオッパイに二匹の蚊がたかって血を吸っているという映像が頭に浮かんでいた。なぜ一匹ではなく二匹なのかは分からないが、俺のイメージは二匹だった。

その後、この句にどんな意味があるのかということを先生が解説してくれた気もするが、解説の内容はまったく覚えていない。

館内のどこかにその句の解説でもないかと見て回っていると、近くのカップルの男がでかい声でベラベラとしゃべる声が聞こえてきた。

「ボカァ、放哉で一番好きなのは『入れものがない両手でうける』だね。これはね、ほんとにボクの今の気持ちをよく表してくれているんだな。ボクにとってキミはね、キミって子はね、受け入れる入れものはないけれどもね、でも必死に両手で受けたい存在なんだな。君と出会ったとき、すぐにこの放哉の句が浮かんだもの」

バカじゃねぇのかこの男は。どんなツラだと振り向くと、年齢不詳だが明らかにカツラと分かる安全第一のヘルメットのような髪形をしたチビの男だった。そしてキミと呼ばれていたのは四十五歳くらいの中年の関取のようにデブのおばはんで、二人は腕を組んでいた。

その異形ぶりに思わずギョッとしてしまい、俺は慌てて目をそらした。

まれにこういう極端にイケていないカップルを見ることがあるが、イケメンと美人のカップル以上に祝福できないのはなぜだろうか……などと思っているとアキがトイレから出て来た。

「パパ、終わったよ」

「ほら、一人でできたでしょ」

「でも、パンツ少しぬれちゃった」

「それとやっぱり『咳をしても一人』かなぁ」

ヅラの男はまだでかい声で話している。

「少しくらい平気だよ」

「多分ボカァそういう死に方をすると思うんだなぁ」

「気持ち悪いよ、パンツ」

「我慢しなさい」

「でも、今は咳をしてもキミがいたかぁ」

バカじゃねぇかと心で毒づきながら外に出ると、チカと由美ちゃんが記念館の前で待っていた。

「あ、豪さん、お久しぶりでーす！　こんにちはアキちゃん！」

俺たちに気づいた由美ちゃんが手を振った。

「なに、あんた、入ってたの⁉　何で？」

チカが怒ったように言う。

「違うよ、アキがおしっこでトイレ借りたんだよ。タクシー待ってもらってんだけど、お金どうしよ」

「三千円置いてきたでしょうが」

「足りるわけないだろ」

「せっかく来てもらったんだから、ほんと私払うから」

由美ちゃんが言った。

「いいよいいよ、なに言ってんの。タクシーどこ？」

チカが俺に訊く。

「あそこのジャンボタクシー」

「はぁ⁉　何でジャンボタクシーなんか使ってんの！」

「自転車積んでもらったんだよ。レンタサイクル借りたから」

「何で自転車なんか借りてんのよ！」

「ビーチまで自転車で行ったんだよ、歩ける距離じゃないって言うから。タクシー使うより安くついていいだろ」

「それでジャンボタクシー借りてたら意味ないでしょ！」

その言葉通り、チカはタクシー代を六千円ほど支払った。

「ほんと相変わらずですねぇ、豪さん」

由美ちゃんがニコニコした笑顔で言った。

9

由美ちゃんの家は大きな洋風の一軒屋だった。

ご主人はこの小豆島で長く続く旅館の何代目かで、東京の一流ホテルで働いていたのだが、家業をつぐために三年前に由美ちゃんとともに小豆島に戻ったのだ。

義理の両親とは同居しない、旅館の仕事も手伝わないという好条件で由美ちゃんもついて行くことにしたのだが、小豆島まで来てくれた由美ちゃんのためにこうして家まで建ててくれたらしい。

「でも、こんなでかい家に二人とかって逆に寂しくない？」

俺は由美ちゃんに訊いた。

「ぜんぜん寂しくないですよ。旦那は毎朝早くに家を出て戻るのは夜中らしい。その割になかなかできないんですけどね。私、子供たくさん欲しいし。今から五人とか無理だよねー。もう三十七だし。ねー、アキちゃん」

由美ちゃんはアキがかわいくてたまらないのかずっと膝の上においている。

「豪さんたちはもう作らないんですか？」

「無理だよ、一人で限界でしょ。稼ぎないのに、この人」

俺に代わってチカが即座に答えた。

「そんなことないじゃん、シナリオの仕事してんでしょ。豪さん、あれ見ましたよ、お饅頭屋さんの映画」

「いつの話してんのよ。あれ公開したのって由美がまだ東京にいる頃でしょうが。あれから一本も形になってないんだから！」

　またチカが即座に答えた。

「マジで⁉　あれ何年前だっけ？」

「忘れたよもう」

　結果的に俺の最新作になっている『お饅頭ください』というまったく魅力のないタイトルのその作品は、もう五年も前に公開された作品だ。

「豪さん、テレビドラマとかは書かないんですか？」

「いや、まぁ機会があれば書きたいけどね……」

　何とかと言う小豆島の地酒をチビチビと飲みながら俺がモゴモゴと答えると、またチカが割って入る。

「そんな才能あればとっくに書いてるって。俺はテレビは書きたくないとかほざいてるけど、単に仕事こないだけだから。きてもビビッて逃げるだろうし」

「チカ、学生の頃は豪さんのこと才能あるって言い張ってたよね。私もそう思ったけどね。豪さんの代では一番面白かったじゃん、作ってる映画とか」

「豪太の代って何人よ！　吉村さんでしょ、大輔さん、小松さん……四人しかいないじゃん！」

「いや久保寺もいるよ」

「五人も四人も一緒でしょ。考えてみればかなりしょぼい人たちだったよねー。久保寺さんとかほとんど人の目、見られないし」

「て言うか前髪で目が見えてなかったよね」

「後輩の細川君とかすごいんだよ。今、すっごい売れっ子のCMディレクターなの」

「ほんと⁉　そう言えば前田君とかも何かのコンクールで賞取ってたよね。監督賞とか」

聞きたくもない話になってきたところで、疲れと酒もあいまって都合よくまぶたが重くなり、大きなあくびが出た。

「ほら、都合悪い話になるとすぐ寝る」

「いや、昨日もあんまり寝てないし、海で疲れたからさ」

「あたしも寝てないんですけど、昨日は。あんたが逮捕されかけたせいで」

「いや、逮捕って……」

「その話、爆笑しました。豪さん、ちょっと寝ます？　布団敷きますよ、となりに」

「ほんと？　何かごめんね。じゃ、少し……」

「優しくするとすぐつけあがるよ。しかも変な妄想するよ」

「いいもん。豪さんなら妄想しても」

俺は由美ちゃんのその言葉にキュンとして涙すら出そうになった。布団からミルクのようなとなりの部屋に布団を敷いてもらって俺はもぐり込んだ。布団からミルクのような甘い匂いがする。これは由美ちゃんの匂いだろうか。何だか大きな母性にくるまれているように心地好い。

もし由美ちゃんと付き合っていたらどうなっていただろうか。由美ちゃんはおおらかで優しい。チカのように乱暴な言葉遣いもしない。チカと同じくらい俺になついていたし、俺から告白していれば由美ちゃんはＯＫしてくれたかもしれない。もしかしたら俺のことを待っていた可能性だってある。俺がチカの巨乳に目がくらんでいなければ。何とかあの逆レイプのようなチカからの告白をかわすことができていれば……。

そう考えると、俺とチカが付き合うと知ったとき、由美ちゃんはどんな気持ちだったのだろうか。もしかしたら、とても傷つけてしまった可能性もあるかもしれない。ありえないとは分かっていながらも、そんなことを思うと鼻の奥が少しツンとしたりもしたが、俺はいつしか眠りに落ちていた。

ブイーン、ブイーンというバイブ音で目が覚めると、枕元に置いていた携帯電話が振動していた。いつの間にかアキも隣で寝ている。

まだ寝ていたかったので無視していたが、電話は一度切れるとまた震え出した。もしかしたら仕事関係の電話かもしれないと思い眠い目をこすりながら電話を取ると、着信画面には『アズマさん』と出ている。一瞬ギョッとして本当に目が覚めてしまった。そう言えばあの浮気をしていた頃も、時間の見境のない電話攻勢に辟易したことがあったことを瞬時に思い出したからだ。

電話は切れたかと思うとまた鳴り出した。そして立て続けに三度四度とかかってきた。

まったくちょっと優しいことを言うとこれだからブスで性欲の強い中年女は困るのだが、四年前も先ほども俺は目先の性欲には勝てなかった。

俺は昼間海でアズマさんからの電話に出てしまったことを早くも少し後悔し始めていた。きっと水曜日に会ってセックスをすればまたそこから関係がずるずるできるだろうから、次はどのように手を切ればいいか面倒くさいことになりそうだなぁなどと思っていると、となりの部屋からチカと由美ちゃんの話し声が聞こえてきた。

「だってさぁ、私から求めてんだよ。そりゃ子供も作りたいけどさ、ぶっちゃけ単にしたいときってあるじゃん。朝から晩まで忙しいから疲れてるのは分かるんだけどさぁ、勇気出してこっちが求めてんだよ」

「そっかぁ……したいかぁ」

チカが意外そうな声で言った。

「チカはもうそんなのぜんぜんないの？」

「ないねぇ……。特にアキが生まれてからはまったく」

「でもそれ寂しくない？　子供生まれてレスってお約束みたいで。ぜんぜんしたくなんないの？」

「うーん、ほとんどないね。豪太がしたいときだけたまに求めてくるけど……すっごいイヤなんだよね」

「そんなにイヤになるもんなの？」

「正直あたしもここまでイヤになるとは思ってなかったけどさ。アキがいるからどうとかじゃなくて、あいつ稼がないくせに、口ばっか達者で屁理屈ばっかりこねるし卑屈で姑息だし、お金ないのに食い意地だけは張ってるし、あげたらキリないけどもう男としての魅力がどんどんなくなってるもん。て言うかもう皆無だもん。一挙手一投足が萎えるんだよね」

そんなチカの言葉に俺はショックを受けた。まさかそこまでチカが俺のことを嫌悪しているとは思ってもみなかったのだ。

「でもさぁ、求められてるうちが華だよ。ちょっと我慢してりゃいいじゃん」

「やっちゃえばどうってことないんだけど……。でもあいつ、一分ももたないし、ニヤニヤしながら余計なこととか言うのよ」

「なに？　余計なことって」

「久しぶりだよねとか、感じてるねとか。気持ち悪いの。どんどん萎えさせるの」

「かわいいじゃん、それくらい」

「かわいくないよ。フェラチオマストだし、乳首さわれとかつねろとかなめろとかうるさいし、つねったらつねったで強弱に文句つけるし、させないとすねるし、ブチ切れるときもあるんだから。俺が求めなかったら誰もお前のことなんか求めねーぞ、もう一生やんねーぞ！　とかさ。俺が求めてるから夫婦関係が成り立ってんだぞとか逆ギレすんの。あげくどっかでやって来るぞってエバってほざくし。ほんっとバカだよ」

「アハハ。ぽいぽい」

「笑い事じゃないっつーの。ほんと萎えるわ」

素直に応じられないだけで、本当は俺が求めることをチカは喜んでいるのだろうと俺は今の今まで思っていた。

「じゃ豪さん、どうしてんのかな？　風俗とか行ってんの？」

「そんなお金ないよ。自分でやりまくってる。仕事から帰ると丸まったティッシュとか転がってるし、ＡＶばっか借りて延滞してるし、こっちが汗水たらして働いてる間にアイツがオナニーばっかしてると思うとホントはらわた煮えくり返るわ」

「アハハハ。そんなにイヤで、別れようとか思わないの？」

「そんなの何度も思ったけどさ、何だかんだしつこく言いくるめられて……。ほら、あいつ口だけはうまいじゃん」

「とか言いながら、ほんとはまだ豪さんのこと信じてんじゃないの？」

「いや〜……もうないね。ヤツにはもう何にも求めてない。期待値ゼロだよ。早く死んでほしい」

俺はピストルで撃ちぬかれたような痛みを胸に覚え、思わず泣きそうになってしまった。

「そっかぁ……学生の頃はあんなに輝いてたのにねぇ。シナリオの賞取ったりして、映研のスターだったもんね」

「あのしょぼい映研内だけでね。あそこがヤツのピークだったねぇ」

「そんなことないじゃん、その後も頑張ってたじゃん、何年も」

頼む由美ちゃん！　もっと俺のことを褒めてくれ！　という俺の願いも虚しく、チカがこの話を打ち切った。

「もういいよこの話は。思い出したらムカムカしてくるから。で、あんたはレスでどうなのよ。どうしてんの？　はけ口は」

「実はさ……私、彼氏いるんだよね」

「は？　は？　なんつった今？　すんごい軽く聞こえたけど。なになになに誰よ相手」

「旦那の旅館でアルバイトしてる子。大学生なんだけど」

「はぁ⁉」

俺も思わずチカと同じような声を出しそうになった。

「え、何で？ 何でそうなっちゃったわけ？」

チカは興味津々のようだが俺も興味津々だ。

「私から口説いちゃった」

「口説いたぁ⁉」

「何度か旦那がここに連れてきてさ。他の従業員の人たちとかと。かわいいなって思ってたんだけど、何か向こうも気づいたのかな。私、ラブラブオーラ出しまくってたから」

「ラブラブオーラってあんた……やるねぇ」

そして由美ちゃんはまるで安っぽいアダルトビデオのような設定の浮気話を嬉々《きき》として話し始めた。

旦那のいる前で、旦那の見えないテーブルの下で股に手を入れられてもてあそばれるとたまらないとか、旦那が風呂に入っている隙にセックスだけしに来るとか、十五歳も年下のその子に言葉攻めで酷いこと言われながらするセックスはたまらないとか、由美ちゃんてこんなにドMだったのかと思いながら、俺は先ほどのチカの言葉に刺された胸の痛みも忘れて下半身をフル勃起状態にして、今にもこの場でオナニーせんばかりに興奮しつつ由美ちゃんの話を聞いていた。

そしてその間、チカの声はまったく聞こえなくなった。おそらくチカも舌なめずりせんばかりに興味津々で聞き入っているに違いない。

「なんかイイんだよね、落ちていく感じの疑似体験っていうか……」

「バカ！　疑似じゃなくて本当に落ちてるっつーの！」

「ウフフ。とか言いながらチカもしたくなったんじゃない？」

「はぁ⁉　ないから！　呆《あき》れてるから！」

チカはムキになって否定した。

そのムキが怪しい。チカはきっとしたくなっているはずだ。もともとセックスが好きで、付き合い始めの頃は俺のアダルトビデオを見てはよくその真似をしたり、それこそアズマさんじゃないけれどレイプごっこやら、『好きだけどよんどころなき事情で別れる間際の男女のセックスごっこ』とか『隣人同士の不倫ごっこ』とか『合宿でセックスしちゃう大学生のカップルごっこ』とか『痴漢ごっこ』とか『映画監督と女優ごっこ』など様々なごっこをしていたくらい性に対して好奇心旺盛な女だった。この手の話を聞けば生唾飲み込みながら下半身を濡らしているに違いない。そう思うと、俺の股間の先もペトペトと濡れてきてしまうのだった。

泊まっていけという由美ちゃんの誘いを断って、最終のフェリーに乗って俺たちは小豆島をあとにした。

俺は寝ているアキを膝の上で抱っこしたまま、生ぬるい風を浴びながら甲板のベンチにチカと並んで座った。

心なしかチカの顔が高揚しているように見えるのは、きっと由美ちゃんの刺激的な話でまだチカの股間も熱くなっているからだろう。

もしかしたら、今日はやれるかもしれない。由美ちゃんの話を盗み聞きしているときから、俺はなんとなくそう感じていた。

「楽しかった？　久しぶりに由美ちゃんと会って」

なるべく穏やかな声で、チカの機嫌をヘタに損ねないように俺は訊いた。

「楽しかったよ」

「なに話してたの？」

「いろいろだよ」

「いろいろって？」

「いろいろはいろいろだよ」

「ふーん。でもなんか由美ちゃん、きれいになってたね。やっぱり瀬戸内海のきれいな海につかってミネラルたっぷりのいいエキスを吸ってんのかな」

浮気の話をチカの脳裏に再現させようと考えた俺はさりげなくそう言ってみた。

「由美はもともときれいだよ」

「でも、あれほどじゃなかったよ。何か妙に人妻的な色気も出て来たっていうか……夫婦仲がいいのかな」

「知らない」

チカはちょっと拗《す》ねたような、ブリッコな言い方をした。

イケる。この甘えたような声はイケる。

自信が確信に変わった松坂大輔状態の俺は、今日一日アキと二人で仲良く楽しく過ごしていたと良い父親ぶりをアピールし、大きな山を自転車で越えて海まで行ったエピソードをユーモラスに語り、そしてアキがどれほど海ではしゃいでいたかを話した。

「フフ。目に浮かぶ。走り回ったでしょ、あの子」

やはりチカの牙城はすでにゆるやかに崩れかかっている。

「うん。チカにも見せてやりたかったなぁ」

「あんたのせいなんだからね。あんたが昨日の夜、バカなことするからこうなっちゃったんだから」

膨れた小娘のようにチカは言った。これはもう百パーセントいける。かたく勃起した股間が膝の上で寝ているアキの背中を突き刺した。

「うん。ごめんね」

俺はまったく悪いとは思っていなかったが素直に謝った。かわいい寝姿で寝ているアキにも謝ったつもりだ。

「いいよ、もう」

すぐにチカは謝罪を受け入れる。間違いなく俺を待っている。と言うかセックスを待っている。

「チカ、愛してるよ」

「なによ、いきなり」

「いきなりじゃないよ。いつも愛してるから。いつも言葉で言いたかったんだけど……」

「……フン。そんなこと言っても簡単には許せないから」

「ほんとにごめん」

俺はアキをベンチに寝かせると、チカに擦り寄り、チカの顔を引き寄せて、キスをしようとした。

「ちょっと人が見てるよ」

「誰もいないよ」

俺はチカの口に強引に舌をねじ込んだ。

「あん、ヤダ、もう」

「もう我慢できないよ」

「ダメ……」

気分の乗ったチカの芝居がかった言い方はかなり寒いが、今、それを突っ込むほど俺も野暮じゃない。

「ホテルにもどったら……したい」

俺はチカの目を見つめて甘い声でささやいた。

「して……」

うっとりとした目でチカは言った。

由美ちゃんの浮気話ですっかり盛りがついた三十九歳と三十七歳のバカ夫婦がここにいた。

フェリーを降りてホテルへの道を急ぎながら、とにかくアキが目覚めないことだけを祈っていた。

10

翌朝、俺たち夫婦の目覚めは最高だった。

最高の睡眠薬は最高のセックスだとどこかのおばちゃん女優が昔言っていたが、まさにそんな夜を、俺たち夫婦はぐっすりと眠っているアキの横で過ごした。

一昨年の俺の誕生日にアマゾンで買ってから（本来ならチカの誕生日に買うべきだが、欲しがったのが俺だった）まだ二回しか使っていない、と言うか使わせてもらえていない大人のオモチャを、俺は万が一のときのためにリュックの内側についている隠しポケットに入れて持って来ていたのだが、そいつが大活躍をしてくれた。

「やっぱいいセックスすると仲いいよね、俺たち」

俺は素っ裸のままキッチンでチカのためにコーヒーを淹《い》れながら言った。

「そういうこと言わないでよ、萎えるから。思ってるだけにして」

ベッドにいるチカも素っ裸のままコーヒーを受け取りながら言った。

アキは昨日の海の疲れがたまっているのかまだ泥のように眠っている。

「だからさ、せめて週一くらいはしようよ。夫婦仲のためにも」

「アンタ次第でしょうが。それは」

壁にもたれかかって座っているチカの腹は、見事なまでの三段腹になっている。

「うん、俺ガンバる。俺、チカの体に溺《おぼ》れてんだから」

段腹チカと苗字を変えたほうがよいのではないかと思わせるそのチカの腹に、俺は顔を埋めて言った。

「こんなお腹でもいいの？」

チカは左手にコーヒーを持ったまま、右手で俺の頭をなでながら言った。

「いいよ。大好きだからこういうお腹。でも、あと三十キロほどダイエットすりゃ藤原紀香もびっくりなのに」

俺は二段目と三段目の間に窒息しそうになるほど顔を埋めて答えた。

「三十キロじゃないでしょ二十キロでしょ」

「あっっ、あっっ！　熱いよ！」

チカは本気でムッとしたのか、腹に埋めている俺の顔に熱いコーヒーをたらした。


旅の最終日の今日、俺たち家族はのんびりといくつかの観光地を回った。

こんぴらさんに参拝し、その途中にある宝物館であくびを嚙み殺しながら重要文化財に触れ、下りてきてから近くの温泉で足湯につかりながらかき氷を食べた。普段は練乳をかけると五十円増しになることにぶつくさ言うチカだが、今日は快く練乳がけを許してくれた。

その間、俺とチカは一度もケンカすることなく、アキを真ん中に家族三人手などつないだりして歩いた。はたから見れば、このまま洗剤のCMにでも出られそうな絵に描いたような完璧な家族に見えているはずだ。俺は何だか誇らしい気分だった。

こんな仲睦《なかむつ》まじい感じはいつ以来か思い出すこともできないが、俺はあまりに幸せでちょっと涙が滲みそうになったほどだ。

そしてその晩は、この旅行で一度だけと決めていた贅沢をしに、俺たち家族は寿司屋に入った。

一家三人でカウンターに座り、アキがパクパクと好物のイクラを口に放り込む。

チカも幸せいっぱいという顔をして地酒を飲みながらちびちびと酢の物や地魚の刺身など食べているのを見ると、俺はこの二人をもっともっと幸せにしなければならないと痛切に感じた。いや、もっともっとではない。現状はまったく幸せにしていないのだから、少しくらいは幸せにしなければならない。そして酒よりもそういうふうに思う自分に酔っていた。

「月に一度くらいはこうしてアキに寿司を食わせてやれるくらいにはなりたいなぁ」

俺は幸せと中トロを嚙みしめながらつぶやいた。

「あたしは？　まずはあたしでしょうが」

「そりゃあたしは当たり前だよ。毎日でも食わせてやりたいよ」

「じゃあ頑張りなさいよね。あたしだって本当はケチケチしたくないんだから」

「うん。頑張るよ俺。すいません中トロ。中トロもう一つ」

「またそうやってさりげなく頼む。中トロ何個めよ？　すみませーん、これ同じの今度は常温でください」

そう言いながらチカも、楠神《くすかみ》という地酒が気に入ってさっきから水のように飲んでいる。

「よく飲むねぇ、奥さん」

寿司屋の大将もチカの飲みっぷりに驚いている。

「すっごく美味しいですこれ。フルーティーで香りも良くて。あー、ほんと幸せ」

チカがうっとりして言うと、大将は「じゃ、こっちも飲んでみてよ。うまいから」と別の酒をサービスで出してくれた。

「うわー、ありがとうございます！　わ、美味しい!!」

チカは一口飲むと大げさにそう言って大将を喜ばせた。

「『八日村の祟り』が公開されたらさ、また家族で旅行に行こうぜ。今度は久しぶりに海外。結婚してから一度も行ってないし」

　幸せそうなチカの顔を見ていると、俺の心も何だか大きくなってくる。

「いいねぇ。あたし、『八日村の祟り』は絶対に実現すると思ってたんだよね。だって面白かったもん。あんたの脚本読んで久しぶりに感動しちゃったから。原作よりはるかに良かった」

「またぁ。どーせ実現しないなんて言ってたくせに」

「何あんた。今、そういうつまんないこと言う？　だからダメなのよ、あんたは」

　おっと、どんなに幸せでも、自分を茶化されたような冗談はチカには通じない。

「いや違うよ。あんなつまんない原作からよくあそこまで持っていっただろ俺。まぁ印刷台本までに三年も書いてたもんなぁ」

　俺ははぐらかすように、話題を微妙にそらした。

「うん。よく頑張った。ねぇ、あんたも小説書けば。そっちのほうがいいんじゃない？　負けてないよ」

　単純なところのあるチカは、気持ちよく酔っているせいもあるだろうが簡単にはぐらかされ、そのうえ妙な勢いまでついてそんなことを言い出した。

「まーなー。実は書いてみようかと密《ひそ》かに思ってたんだけどさ。自分で書いたほうが早いし」

　チカの言葉に俺も乗る。

「書いちゃえ書いちゃえ。それが映画になれば自分でシナリオも書けばいいんだしさ。絶対そっちのほうがいいよ。売れっ子になったらあたしがマネージャーしてあげる」

「そしたら監督も自分でするよ。だいたい監督やプロデューサーなんてバカばっかだもん。ロクに台本も読めないしさ、無駄な苦労させられるのはいつもライターだってのに」

「そうだよ。あんたは学生の頃から監督のほうが向いてるってあたし、思ってたんだから。これからは原作も自分で書いて脚本も書いて監督もやる時代だよ」

　調子づいたバカ夫婦がそんな夢みたいな会話を、なかば本気でしていると、俺の携帯電話が震えた。

　プロデューサーの代々木からだ。

「代々木さんだよ」

「出なよ。『八日村の祟り』のことかもしれないよ。あんた電話出ない癖やめな。ほんとチャンス逃すから」

「もしもし」

俺は電話に出ながら店の外に出た。

「おう、もしもし。どうだったよ、例の女子高生は？　まだ香川？」

「それがですねぇ……」

俺はすでに別の映画会社で、その女子高生の話がマンガとタイアップした企画として進んでいることを話した。

「もう来月にはクランクインですって」

「えー、なんだよ、それ。ちぇ……」

代々木は珍しく残念そうな声を出して舌打ちまでした。たいていこんなときでも「あ、そう。まぁ、仕方ないね」と軽く終わる人である。

「何か他の企画考えますよ。笑って泣けるやつ」

気分の大きくなっている俺は、代々木を少しでも励ましてやろうと元気にそう言った。

「そうかぁ。まぁ仕方ないよな。じゃあ頼むよ、号泣して爆笑できるやつ」

「はい！　頑張ります！」

「うん。それとさ、もう一つ話があるんだよ」

「なんすか？」

「あれ、ダメになっちゃった」

「はい？」

「『八日村の祟り』」

「え？」

その瞬間、脳天を打ち砕かれたかのような衝撃を感じて俺はよろめいた。

「いや、原作者がさ、いきなり脚本に文句つけてきてさ。これじゃやっぱり原作権渡せないって。ひでぇよな、クランクインが見えてくるとそう言い出すなんてよ。で、申し訳ないんだけど、別のライターたてて直すことになってさ。ホント申し訳ない。監督も怒ってるんだけどさ。でも、まずは実現させないとダメじゃん？」

口の中が急激に渇き、俺は気が遠くなっていくような感覚を覚えていた。

「聞いてる？」

「はぁ……」

「まぁ、この埋め合わせは必ずするからさ。俺もいいホンだと思ってんのよ柳田ちゃんのホン。でも、原作者指名のライターがいてさ。何様だっつんだよなホント。脚本読めないヤツが口出すなって感じなんだけどさ――」

代々木の声がどんどん遠くなっていく。

朦朧《もうろう》とする意識の中で、俺は倒れないように踏ん張っているのが精一杯だった。

電話を切り、夢遊病者のように店の中に戻ると、俺の顔を見たチカの表情がサッと曇った。よほど血の気の引いた顔色をしているのだろう。

「……なにその顔？　なんかイヤなこと言われたの？」

チカは不安げに言ったが、俺はすぐには言葉が出てこなかった。

「どうしたのよ……」

「よ……『八日村の祟り』……」

「なに……」

「お、俺の……俺のシナ――」

「ちょっと待って」

チカは俺の言葉を遮ると、自分を落ち着けるように、胸に手を当てて一つ大きく深呼吸をし、一口酒を飲んだ。そしてわざと明るく大きな声で言った。

「どうした！　福山出るってか！」

そんな言い方でおどけてみせるのは、これからどんなことを聞かされるのか想像がついているからだろう。

「何だ！　言ってみろ！」

恐怖を払いのけるかのように、チカは明るく大きな声で言った。

「……俺のシナリオ……」

「…………」

「使われないって……」

「……ウソでしょ」

想像以上のことを聞かされたのか、想像通りのことだったのかは分からないが、一瞬にしてチカからおどけた部分は吹き飛んだ。

「何で……。どういうこと……」

チカの声はかすかに震えている。

「よく……分かんないけど……」

「分かんないじゃないでしょ！　なに言われたのよ！」

次の瞬間、チカは怒鳴った。

その怒鳴り声に、店内のお客さんたちが一斉に俺たちに視線を向けた。

「何で……怒るんだよ……」

「怒ってないでしょ！　なに言われたのよ！」

チカはまた怒鳴った。

「何か……原作者があの脚本じゃダメだって。よく分かんないけど……」

俺は蚊の鳴くような声で言った。

「……何で？　何で今さらそうなるの……」

「……分かんないよ」

「……どうしたの？」

いつものケンカと様子が違うと感じ取ったアキが心配そうに訊いてきたが、チカは答えることができず、胸に手を当てて必死に呼吸を整えている。

「何か……もう目の前が真っ暗だよ……」

俺は声を絞り出すようにつぶやいた。

チカは胸に手を当てて、苦しそうな表情で目を閉じて黙っている。

「俺のホンに問題はないみたいなんだけど……監督もいいっつってて……だったら原作者と戦ってくれりゃいいのにさ……」

「…………」

「俺、ずっと言ってたんだよ、代々木さんに。途中で原作者に見せたほうがいいって……。なのにあの人、大丈夫大丈夫って。文句つけてきたら返り討ちにしてやるからって。いつもそうなん……」

「やめて……」

俺のグジグジとした文句をチカは遮った。

「そんな話、聞きたくない……」

そう言うチカの目から、大粒の涙がポロポロとこぼれ落ちた。

「⁉」

思わぬチカの涙に俺は狼狽《ろうばい》した。

「……どうして……なんでうまくいかないの？」

チカは流れ落ちる涙を拭おうともせずに言う。

「何でよ……何でダメなの……」

「ママ、大丈夫……？」

アキがまた心配そうに言った。

さっきまで機嫌良く酒を飲んでいたチカの変わりように、寿司屋の大将も見て見ぬふりをしている。

「な、泣くなよおい……」

俺はそう言うのが精一杯だった。

チカはオシボリを目に当てて、肩を震わせ声を押し殺しながらしばらく泣いた。

アキはその間ずっと、甲斐甲斐しくチカの背中をさすり続けたが、俺はただただ狼狽しているだけで何もできずにいた。

まさかチカが、いまだに俺のためにこれほど涙を流せるとは思いもせず、期待を裏切り続けることの罪の重さを俺は今さらながらに感じていた。

時間にしてどのくらいそんな状態が続いていたのかはよく分からないが、その罪の重さもさっそく軽くなり始めると、俺は周囲の客の目が気になり始めて、おそるおそる振り返ってみた。もう他の客たちの興味は俺たち夫婦にはないようだった。

「こんなときでも、人の目が気になるんだ」

「え」

いつの間にかチカが真っ赤な目で俺のことを睨み付けていた。

「いや……そ、そうじゃないよ」

チカは「ふぅ」と一つ大きくため息をつくと、背中をさすってくれているアキに、

「ありがとね」と言った。

「大丈夫……？」

アキはまださすり続けながら訊いた。

「……もう平気。アキが背中さすってくれたからね」

鼻をすすりながら、チカはアキに笑顔を見せた。

「もっとさするよ」

「ありがと。でも、もう大丈夫。ママ元気になった。すみません、お勘定お願いします」

「え？」

まだ酒も寿司も残っているのに、チカは財布の用意をしている。

「も、もう行くの？」

チカは俺を見向きもしない。

「はい、カウンターさん、お会計！」

何事もなかったかのように、大将が大きな声で言った。


夜の商店街を、俺たち家族は黙々と歩いた。寿司屋を出てから、会話は何もない。

チカはアキと手をつないで厳しい表情で足早に歩いている。

幼い娘は背中をさすってくれたというのに、原因を作った旦那は人目を気にしていたことを怒っているのだろうか。

「な、なあ……」

何を言っていいものやら分からず、とりあえず声だけかけてみたがチカは何も言わない。

「……なぁ」

俺はもう一度言いながらチカの肩に手をかけた。

「さわらないでよ！」

チカは強い口調で言うと、俺の手を払った。

その剣幕に、俺は一瞬怯《ひる》んだ。これまで何千回とキレたチカを見てきたが、こんなにも強い拒否と嫌悪を感じたのは初めてだった。その証拠に、アキもそのチカのただならぬ様子に言葉を失くしているように見える。

「お、おい……なぁ……何でそんなに怒ってるの？　俺が……人目を気にしたから……？」

それ以外に、チカが怒っている理由が俺には分からなかった。この状況では同情されこそすれ、拒絶される理由は何もないはずだ。

だがチカは何も言わない。

不安そうな表情を浮かべているアキに、俺は力のない笑顔を返すのが精一杯だ。

チカは、俺どころかそんなアキの存在もここにはないかのように黙々と歩いている。

俺はほかに言うべき言葉が見つからず、夏の夜のまとわりつくような暑さの中を、重苦しい空気を背負いながらアキの手をとってチカのあとをついて歩いた。

三十分ほど無言で歩き、宿の近くまで戻って来たとき、チカは唐突に俺を振り返って言った。

「別れて」

「え……」

「もう別れて。本当に」

アキが不安げに俺とチカを見つめている。

「ちょ……ちょっと待てよ……。何だよいきなり……」

予想もしていなかった言葉に、俺はまた狼狽してしまう。

「いきなりじゃないでしょ。今まで何度も言ってきたでしょ」

「でも……ちょっと待てよ。だってさっき代々木さんから電話もらうまで仲良かったじゃん。なに急に」

「もう無理」

「…………」

「もうダメだよ……ホント無理だよあたし。もう、どうしていいか分かんない」

「ま、待てって。落ち着けって」

「落ち着いてるよ。あんた、ダメなんだよあたしたちがいると。甘えてんのよ。あんたといるとあたしとアキもダメになるの……もうイヤだよ、こんなの」

チカはそう言いながら、またはらはらと涙を流し始めた。

「ほんとに……もうどうしていいか分かんないよ……何で……頑張ったもんあたし……ずっと頑張ってきたもん……」

「ねぇママ……どうしたの……？」

道の真ん中で泣き出してしまった母親を見てアキも泣きそうな声になっている。

「でもあんたは……何でなのよ、あれが映画になれば……何か変わると思ったのに……あんたはただの雑魚じゃないって……何で……カッコいいとこ見せてよ」

「ママ……。ねぇ、ママ泣かないでよ、ママ」

「ごめんね……。ママだって……ママだって泣きたくないよ。でも……でも泣きたいの」

と言いながらチカは鼻水をすすりあげて泣いている。

「泣かないで……。ねぇ、泣かないで。泣かないでよ！　ウェーン！」

とうとうアキも泣き出してしまった。

「ごめんね……。ごめんね、アキ。ウワーン！」

チカもアキを抱きしめて声を上げて泣き出した。

抱き合いながら泣いている女房と娘を見ていると、俺も泣き出したい衝動にかられた。と言うかすでに泣き出していた。

「お、俺だって……俺だって頑張ってるよ。でも……でもうまくいかねーんだもん！　どうすりゃいいのか俺も分かんないよ！　俺も泣きたいよ！」

声を上げて泣いている父親を見て、アキはびっくりしてしまったのか泣き止んでしまった。

「うるさい……。うるさい泣くな。お前は泣くな！　お前に泣く資格はない！　泣くんじゃねぇ！」

チカが泣きながら怒鳴った。

「だって……だって俺……俺だって……頑張ってんのに……」

「うるさい泣くな！　黙れ！　情けない声出してんじゃねえ！」

「もうパパに怒らないでー!!」

泣き止んでいたアキはチカを怒鳴りつけると、再び大きな声を上げて泣き出した。

「だってこのパパ、バカなんだもん‼　ワーン！」

チカはそう言うとさらに泣き出した。

そんな光景を見て俺は何だか少し嬉しくなってきて、笑ってしまった。笑いながら、でもなぜかもっと泣けてきた。

「泣くな！　笑うな！　お前は泣く資格も笑う資格もない！　死ね！」

鼻水と涙を拭うこともなくチカも泣きながら笑い出した。

「どうして笑いながら泣いてるのー！　ねぇ、ママ！　ママ！　ウェーン！」

泣き笑いする両親を見て、アキはまたひと際大きな声で泣き出した。

11

泣き笑い疲れたチカは、泣き疲れたアキを抱きかかえるようにしてホテルのベッドで眠っている。口をあけて、大きな鼾をかいて、何事もなかったかのように眠っている。

俺はソファに座って、しばらくそんなチカとアキの姿をボケッと眺めていた。

チカのはだけた浴衣からは、幸運を呼ぶということで買った赤いパンティの食い込んだ尻が見えている。

そんな尻を見ながら、俺はこの赤いパンティを買ったときのことを思い出していた。

買ったのは七年も前のことだ。巣鴨の地蔵通り商店街を二人でフラフラとデートしているときに見つけた激安洋品店で、幸運を呼ぶ赤いパンツとか赤いトランクスとか赤いふんどしが売られているのを見つけたチカが、買おうと言ったのだ。

そんなものいらないよと俺が言うと、「あんた、人一倍努力してるんだからあとはゲン担ぎよ。やれること全部やろうよ」と言って赤いパンティと赤いトランクスをレジに持って行った。

「え、チカも買うの？」

「当たり前じゃん。あたしの幸せはあんたが成功することだから、あたしもはかなきゃ」

あのとき買った俺の赤いトランクスはとっくの昔にビリビリに破れてしまったが、チカは七年間もこうして、ボロボロにほつれてもまだはき続けている。

もしかしたら、チカは俺のことをずっと信じ続けていたのかもしれないと、そのボロボロの赤いパンティの食い込んだ尻を見ながら俺は思った。でなければ、ここまでボロボロになった下着を身に着けることはないだろう。

そう言えばこの赤いパンティのほかにも、チカは幸運グッズにずいぶんとお金をかけていた。高名な書道家が書いた表札を玄関にかけると幸運が来ると聞けばそうしし（だからうちは表札だけは立派だ）、毎年の酉《とり》の市でも五千円の熊手を購入している。風水には凝りに凝り、汚くしていると幸運の神様が来なくなるからと玄関とトイレだけはいつもピカピカにしている。そんなことばかりしているチカに俺は苦笑したものだが、結局は俺を信じていたからこその行動だったのかもしれない。

分不相応な熊手や表札を友人に見られると、俺はずいぶんと恥ずかしかった。

そんなことを思い出していると、ブヒッ！　と赤いパンティの尻が屁をこいて歯ぎしりをしながら寝返りを打ち、その拍子にアキがコロッとベッドから転がり落ちた。

俺はアキを抱き上げ、チカの横に寝かせてやった。

チカは涎《よだれ》をたらしながらポカンと口をおっぴろげ、はだけた浴衣から大きな胸をダラリとスライムのように垂れ流して眠っている。

その胸に、二匹の蚊がとまっていた。

蚊はしばらくとまっていたが、やがて飛び立った。

『すばらしい乳房だ蚊が居る』

俺の頭の中にその句が浮かんだ。

初めてチカとセックスをしたときにも、チカの乳房を見てその句を俺は思い出した。あの頃のチカの乳房はこんなにもダラリと垂れてはおらず、揉めば跳ね返してくる弾力のある若々しい乳房だった。

俺はその乳房にむしゃぶりつきながら、「ああ、あの尾崎放哉の俳句の乳房はこんな乳房だったんじゃないだろうか。尾崎放哉も俺のように巨乳好きで、こうやって大きな乳房にむしゃぶりついていたのではないだろうか」と思ったものだ。

だが今は、あの俳句の乳房は、いま俺の目の前にあるこの弛緩しきった乳房のことではないかという気がしてきた。

たかっていた二匹の蚊はきっと、その乳房に脚と吸い口を取られて抜けなくなってしまったのではないだろうか。そんなブニュブニュで、もはや腹との境目さえ分からなくなってしまったような乳房があの句の乳房だったのではないか。

だからってどうということもないのだが、俺はしばらくチカのその無残な乳房を眺めていた。

チカは蚊に食われた乳首周辺をぼりぼりかきむしると、ふと目をあけた。そして目の前にいた俺と目が合った。

俺はヘラッとした笑みを浮かべた。

チカは俺の笑みを見ると、大きなため息を一つつき、「やっぱダメだわ、お前は」と言った。

「……なにが？」

「なにがじゃねーよ。いいから蚊取りつけて。その辺にあったから」

「どこ？」

「探せよ、雑魚」

チカはそう言うと、アキを乳房に引き寄せて、また俺に背を向けた。

俺は、そんなチカがたまらなく愛おしかった。

チカは、きっとまた俺を許してしまったのだろう。

かわいそうなチカ。惨めなチカ。どうしようもないチカ。ああ、お前はやっぱり本当にバカな女だ。

ところどころに吹き出物の出た赤いパンティの食い込んだチカの尻を見ながら、俺はこの女に一生ついていこうと思った。そしていつか、一瞬でも俺のほうからこの女に幸せを与えねばならないと決意した。その決意が、いったいいつまで持続するのかは分からないが、チカのその大きな背中に俺はつぶやいてみた。

「愛してるよ」

聞いているのかいないのか、チカは、ブヒッ！　とまた屁をこいた。

「入れものはないけど……俺、両手でしっかり受けるから。チカとアキのこと……しっかり両手で受けて……生きていくから」

俺は自然と尾崎放哉の句をアレンジし、使いどころとして尾崎放哉記念館にいたあのヅラ男を模倣しながら神妙にそう言った。

「……フン。なにうまいこと言ってんのよ。つーかムカつくんだよ、その芝居っぽい言い草が。さっさとつけてよ蚊取り」

チカはそう言うと、狙いすましたようにもう一発ブヒッと屁をこいた。

さすがに放哉先生の言葉はこういう状態のチカにでも少しは上等な言葉として響い

たようだ。

ご自由にお使いくださいと書いてある蚊取り線香が、備え付けの簡易キッチンの上にマッチとともに置いてあったが、しけっているのかなかなか火がつかなかった。

解説

杉江松恋

妻を愛している、つもりになっている世のすべての男性に本書を捧げたい。

『喜劇 愛妻物語』は映画「百円の恋」などで知られる脚本家・足立紳の小説家デビュー作である。二〇一六年二月二十五日に幻冬舎から刊行された元版の単行本では『乳房に蚊』の題名だったが、このたび幻冬舎文庫に入るにあたり、同時に映画化が進行しているということもあり、そちらの題名に合わせて改められることになった。「愛妻物語」は新藤兼人の監督デビュー作だが、それをもじったものだろう。

私が初めて足立紳の小説を読んだのは、実は本書ではない。書評家の北上次郎氏から、とんでもなくおもしろいから読んだほうがいい、と薦められて手に取った「小説新潮」二〇一八年三月号掲載の「妻としちゃった」が最初だった。これが実に楽しい艶笑譚で、おおっ、こんなものを書く作家がいましたか、そうでしたか、となぜか丁寧語になって喜んだものである。短篇を読んで書いたメモをそのまま載せると「四十男の〈俺〉こと豪太はまったく売れていないシナリオライターで年収わずか五十万円、コールセンターで働く妻のチカに息子の太郎ともども食わせてもらっている。その豪太にとってもっとも難しいことはチカにセックスをさせてもらうことで、何日も前から予約を取り、機嫌を取ってその日に臨まなければいけない。主人公の卑屈な生態と駄目男ならではの思考、そして妻との腐れ縁のようなつながりをエロチックな描写も交えながら描いていく」とある。

「妻としちゃった」だから最後には妻としちゃえるのである。何かを餌にして読者を結末まで誘導していくのは物語の常道だが、この場合は妻チカとのセックスがその餌にあたる。報酬を獲得するためにきちんと努力する、ことができるようなら物語にはならないわけで、そもそも駄目男を主人公にする意味もない。目的に向かう豪太の足取りは危なっかしく、読者から見ても明らかに間違った方向へ行こうとする。この「志村後ろ後ろ」感はもちろん作者の仕掛けであって、読者に豪太を同一視させるためのものである。絶対なりたくない駄目男だけど、なってしまうのだ。このへんの技巧に感心し、初めて読んだけどいい書き手だなあ、と作品に〇をつけたのであった。

それで気になってデビュー作だという本書を読んだ。おお、同じ主人公じゃないか。設定は「妻としちゃった」とは若干異なっていて、一人息子だったのが娘のアキになっている。主人公たちの年齢もちょっと低めに設定されているのかな。あとはだいたい同じで、日曜日の朝、ニチアサの特撮番組に子供が夢中になっている間に、チカにセックスさせてもらおうとして迫り、あえなく拒絶される場面から物語は幕を開けるのだ。妻としちゃえませんでした。

強烈な裏拳を顔面にくらったあと、豪太は夫婦の現状を分析する。

——今の俺たち夫婦の状態を倦怠期と呼ぶのならば、俺たちは倦怠期の真っ只中だろう。

あ、それが違う。まず違う。

本書の最大の特徴は、豪太という男の現実認識が甘いところにある。かつては脚本家として将来を嘱望されたこともある彼は自尊心が強く、かなり高いところに目標を設定しているのである。ただし問題があって、それに見合う努力が現時点ではできていない。だから彼の考えはことごとくズレているのだ。自尊心を傷つけないように無意識のうちに現実から目を逸らしていると言ってもいい。傷つきやすいからね、男の心は。

だいたい夫婦の倦怠期というのは、互いがパートナーの存在に慣れ過ぎてしまって、気持ちのときめきが無くなった状態のことを言うのである。駄目になった男のことを妻が重荷に感じている夫婦というのはまた別の問題なのではないか。それはもうちょっと深刻な事態なのではないか。だが、そういう可能性に豪太は目を向けようとしないのである。チカのせいで俺のハートが傷つくから。

こんな風に大事なものから目を逸らしながら生きている男の話だ。あ、今胸がズキンと痛んだそこのあなたは読むべきです。認識のずれを抱えたまま、チカと豪太の夫婦は大変な難行に出てしまう。豪太に映画の脚本を書けるかもしれない機会が舞い込んできて、シナハン（執筆のための現地取材）のため、親子三人で東京から四国まで四泊五日の旅行をすることになるのである。おお、ロード・ノヴェルだ。

取材なら豪太一人で行けって。免許がないから無理なのだ。したがって唯一の稼ぎ手であるチカに仕事を休ませ、運転手として同行してもらうしかない。当然だが五歳の娘も連れて。お金がないから交通手段は青春18きっぷである。何度も何度も乗り換えて一日がかりの移動だ。途中、岡山駅で時間がなくて、一行は乗るべき列車を逃してしまう。失敗を自分のせいにされてチカは激昂するのだが豪太は「何が逆鱗に触れたのか、俺は一ミリたりとも分からな」いとぼやく。

元の単行本帯には（もしかするとこの文庫のどこかにも）「恐妻」の文字が躍っていたのだが、読んでいるとチカはちっとも恐く感じない。むしろ一人で無能な夫と幼い娘を養う優しい女性としか見えないのである。恐いのは豪太だけなのであり、夫婦仲がぎすぎすしているのはチカが怒ってばかりいるからだ、と彼は割と本気で信じている。

この責任転嫁の感じ、どこかで見たことがないだろうか。ツイッターをちょっと検索すれば山ほど見つかる、女性蔑視者のつぶやきだ。いわゆるミソジニーであるとも気づかずに、彼らは自身の正義を主張する。世の中の雰囲気を悪くしているのは女だ、うるさく喚《わめ》きたてるのを止《や》めて男様の言葉を聞けば、すぐ過ちに気づくはずなのに、と彼らは嘆く。豪太はその集合意識のような存在なのである。ここに作者の企みがある。おそらく豪太のモデルは足立自身でもあるのだろう。自分に近い人物像に、滑稽な振る舞いをさせる。その笑いによって読者を引きつけておいて、彼の無神経さ、現実認識の甘さを見せつけるのである。この皮肉な物語構造が、諷刺喜劇としての本作の完成度を高いものにしている。豪太と同じ男性にはもちろん、彼を批判的に見ることができるであろう女性にもぜひ読んでもらいたいというのは、この仕掛けゆえである。

とはいえ、読んでいるうちに気持ちがさーっと引いてしまう箇所がいくつもあるので、ご注意願いたい。いちいち挙げることはしないが、私は八回ほど、豪太馬鹿野郎と呟きたくなった。最低八回は引くと思う。それより少なかったら、ちょっと気持ちのチェックをしてみてはどうか。豪太になっていないか。別になってもいいのだが、あなたに向けられる家族や友人の視線の意味を一度考え直されることをお勧めしたい。

前述のとおり、足立はチカと豪太の物語を書き続けている。「妻としちゃった」以降の掲載誌もすべて「小説新潮」で、二〇一八年十一月号の「妻と働く」は、連続ドラマの脚本を書く話が舞い込んできて豪太が最低の顔を晒す一篇だ。二〇一九年一月号の「妻と帰る」は豪太が鳥取県に里帰りする話であり、姑たちに旧い夫婦観を押しつけられて憤慨するチカが気の毒だが可笑しい。現時点の最新作は同三月号掲載の

「妻と笑う」で、帰省時の怒り冷めやらぬチカから一年以内に結果を出せと迫られた豪太がなんと漫才コンクールに応募する。夫婦漫才の相方を務めさせられるのはもちろんチカで、災難としか言いようがないのだが、芸人小説として読んでもなかなかおもしろい一篇であった。このように最近は短篇の発表頻度も上がっているので、近いうちに作品集として読めるかもしれない。できれば豪太には脚本家として成功を収めてもらいたいところだが、それはまだ無理か。

足立の小説には他に『14の夜』（二〇一六年。幻冬舎）、『弱虫日記』（二〇一七年。講談社文庫）がある。前者は、近くのレンタルビデオ屋にAV女優が来るという情報を聞きつけた中学生たちの起こす騒動を描いた青春小説で、そのゲストの芸名が「よくしまる今日子」というのがまず笑える。『弱虫日記』は笑いの要素を封印した家族小説で、こういう要素もあると足立が少し手の内を覗かせている。まだまだ引き出しがありそうな作者なのだ。脚本家と並行して、ぜひ小説の可能性も追求してもらいたい。

本文中に出てくるが、単行本版の題名は尾崎放哉の自由律俳句「すばらしい乳房だ蚊が居る」から採られている。身長一七二センチ、水泳でジュニアオリンピックに出場したこともあるというチカの肉体は、本書に艶めきを与えている。三十七歳になった彼女の体型をだらしないだらしないと豪太は誹謗するのだが、このへんもミソジニストの典型をなぞっている。ついでいえば少女体型をやたらもてはやす日本男性のおかしなところも。『乳房に蚊』という元の題名は、そういう男の歪んだ嗜好を吹き飛ばすような美しいものであった。堂々たる乳房、蚊が止まることによって地肌の白さが却って際立って見える乳房は、健康美の象徴と呼ぶべきではないか。チカの健全さこそは、本書の最大の美点である。

初めにも書いたとおり、妻を愛している、つもりになっている男性にまず読んでもらいたい作品である。愛しているって、言葉に出さないと、行動にしないと、相手にはわからないんだぜ。そしていちばん大切なのは、相手の気持ちになって考えること。

ちょっとしたことで怒って、ツイッターで暴言を書いちゃったりするあなた。それはきっと自分のどこかのねじが曲がっていて、人の気持ちがわからなくなっているからだと思う。この本を読んで、豪太と自分を重ね合わせて、落ち着いてみるといいんじゃないかな。

——書評家

この作品は二〇一六年二月小社より刊行された
『乳房に蚊』を改題したものです。

幻冬舎文庫

●最新刊
希望の地図2018
重松 清

借金を返済しながら新しい漁業を目指す石巻の漁師など、災害によって人生が一変し、それでも前を向いて生きている人々がいる。一年間、全国を横断して取材をつづけた、被災地の素顔。

●最新刊
夜姫
新堂冬樹

花蘭は男たちを虜にするキャバクラ界の絶対女王だが、乃愛にとっては妹を失う原因を作った憎き女だ。復讐のため、乃愛は昼の仕事を捨て、虚と実、嫉妬と憎悪が絡み合う夜の世界に飛び込む。

●最新刊
ハリケーン
高嶋哲夫

超大型台風が上陸し、気象庁の田久保は進路分析や避難勧告のために奔走するも、関東では土砂災害が多発。田久保の家族も避難したが、避難所自体が危険な地盤にあり、斜面が崩れ始める……。

●最新刊
ドS刑事
さわらぬ神に祟りなし殺人事件
七尾与史

ドSすぎる女刑事・黒井マヤからプロポーズを迫られ、絶体絶命の代官山巡査。しかし容疑者が「怨霊」という奇妙な事件に巻き込まれ——。〝マヤの天敵〟白金不二子管理官ら新キャラクターも登場！

●最新刊
リフォームの爆発
町田 康

マーチダ邸には不具合があった。犬、猫、人間の痛苦、懸念、絶望、虚無。これらの解消のために自宅改造を始めるが——。リフォームをめぐる実態・実情を克明に描く文学的ビフォア・アフター。

幻冬舎文庫

●好評既刊
青木真也
空気を読んではいけない

中学の柔道部では補欠だった著者が、日本を代表する格闘家になれた理由とは――。「感覚の違う人は〝縁切り〟する」など、強烈な人生哲学を収録。自分なりの幸せを摑みとりたい人、必読の書。

●好評既刊
五十嵐貴久
スマイル アンド ゴー！

震災の爪痕も生々しい気仙沼で即席のアイドルグループが結成された。変わりたい、笑いたい、その思いでがむしゃらに突き進むメンバーたちを待ち受けたのは……。実話をもとにした感涙長篇。

●好評既刊
大崎 梢
宝の地図をみつけたら

地図を片手に夢中になった「金塊が眠る幻の村」探しを九年ぶりに再開した晶良と伯斗。しかしその直後、伯斗の消息が途絶えてしまう。代わりに〝お宝〟を狙うヤバイ連中が次々に現れて……!?

●好評既刊
大村大次郎
ツバサの脱税調査日記

少女のような風貌ながら、したたかさと非情な観察眼を持つ税務調査官・岸本翼。脱税を巧みに指南する税理士・香野に出会い、調子が狂い始める。元国税調査官が描く、お金エンタメ小説。

●好評既刊
恩田 陸
蜜蜂と遠雷(上)(下)

芳ヶ江国際ピアノコンクール。天才たちによる競争という名の自らとの闘い。第一次から第三次予選そして本選。〝神からのギフト〟は誰か？ 直木賞と本屋大賞を史上初W受賞した奇跡の小説。

幻冬舎文庫

●好評既刊
いちばん初めにあった海
加納朋子

千波は、本棚に読んだ覚えのない本を見つける。挟まっていた未開封の手紙には、「わたしも人を殺したことがある」と書かれていた。切なくも温かな真実が明らかになる感動のミステリー。

●好評既刊
異端者の快楽
見城　徹

作家やミュージシャンなど、あらゆる才能とスウィングしてきた著者の官能的人生論。「異端者」とは何か、年を取るということ、「個体」としてどう生きるかを改めて宣言した書き下ろしを収録。

●好評既刊
実話芸人
コラアゲンはいごうまん

「SM女王様の奴隷に弟子入り」「後期高齢者しかいないソープランドへ突撃」「会ったこともない人の葬儀に参列」など、著者が体を張って体験した、笑って泣ける壮絶実話ネタが満載。

●好評既刊
浮世絵の女たち
美人画に隠された謎
鈴木由紀子

浮世絵の中で艶然とほほえむ美女はいったい何者なのか？　わずかなヒントを手がかりに有名絵師とモデルにまつわる謎を大胆に推理。貴重な資料を多数収録、浮世絵鑑賞がもっと面白くなる！

●好評既刊
バスは北を進む
せきしろ

故郷で暮らした時間より、出てからの方がずっと長いというのに、思い出すのは北海道東部「道東」の、冬にはマイナス20度以下になる、氷点下で暮らした日々のこと。センチメンタルエッセイ集。

幻冬舎文庫

●好評既刊
多動力
堀江貴文

今、求められるのは、次から次へ好きなことをハシゴしまくる「多動力」を持った人間。一度に大量の仕事をこなす術から、1秒残らず人生を楽しみきるヒントまで。堀江貴文ビジネス書の決定版。

●好評既刊
人生の勝算
前田裕二

8歳で両親を亡くした起業家・前田裕二が生きるための路上ライブで身につけた、人生とビジネスの本質とは。外資系銀行員時代、「SHOWROOM」の立ち上げ、未来のこと。魂が震えるビジネス書。

●好評既刊
かぼちゃを塩で煮る
牧野伊三夫

胃にやさしいスープ、出汁をきかせたカレー鍋、残りめしで茶粥……台所に立つことうん十年、頭の中は食うことばかりの食いしん坊画家が作り方と愉しみ方を文章と絵で綴る、美味三昧エッセイ。

●好評既刊
走れ！　T校バスケット部9
松崎　洋

神津高校バスケ同好会の顧問になった陽一。部員に学校一の身体能力を誇る新海、卓越した観察眼を持つ神谷、シエラレオネからの留学生オマールらが加わり、T校バスケ部との練習試合に挑む。

●好評既刊
おひとり様作家、いよいよ猫を飼う。
真梨幸子

本が売れず極貧一人暮らし。「いつか腐乱死体で発見される」と怯えていたら起死回生のヒットが訪れた！　生活は激変、なぜか猫まで飼うことに。〝女ふたり〟暮らしは、幸せすぎてごめんなさい♥

喜劇《きげき》 愛妻物語《あいさいものがたり》

足立紳《あだちしん》

令和元年8月10日　初版発行

発行人――石原正康
編集人――高部真人
発行所――株式会社幻冬舎
〒151-0051東京都渋谷区千駄ヶ谷4-9-7
電話　03(5411)6222(営業)
　　　03(5411)6211(編集)
振替00120-8-767643
印刷・製本―図書印刷株式会社
装丁者――高橋雅之

検印廃止

幻冬舎文庫

ISBN978-4-344-42878-2　C0193　あ-72-1